Best Time

白 马 时 光

摆渡人前传

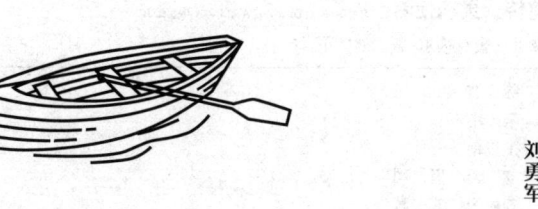

灵魂使者

〔英〕克莱儿·麦克福尔 著

刘勇军 译

百花洲文艺出版社
BAIHUAZHOU LITERATURE AND ART PRESS

图书在版编目（CIP）数据

摆渡人前传：灵魂使者 /（英）克莱儿·麦克福尔著；刘勇军译. — 南昌：百花洲文艺出版社，2023.7
ISBN 978-7-5500-5168-3

Ⅰ. ①摆… Ⅱ. ①克… ②刘… Ⅲ. ①长篇小说—英国—现代 Ⅳ. ① I561.45

中国国家版本馆 CIP 数据核字（2023）第 077396 号

江西省版权局著作权合同登记号：14-2023-0041

FERRYMAN: THE DARKENING by Claire McFall
Copyright © 2023 by Claire McFall
Published by arrangement with Margot Edwards Rights Consultancy, U.K. working on behalf of the Ben Illis Agency, U.K.
Simplified Chinese rights arranged through CA-LINK International LLC.
Simplified Chinese edition copyright: 2023 Beijing White Horse Time Culture Development Co., Ltd.
All rights reserved.

摆渡人前传：灵魂使者 BAIDU REN QIANZHUAN:LINGHUN SHIZHE
〔英〕克莱儿·麦克福尔 著　刘勇军 译

出 版 人	陈　波
出 品 人	李国靖
特约监制	王俊艳
责任编辑	刘　云　程　玥
特约策划	刘丽娟　陈玉潇
特约编辑	陈玉潇　石　雯
封面设计	花在开工作室
版式设计	橙　子
封面绘图	陶　然
版权支持	郭东连
出版发行	百花洲文艺出版社
社　　址	南昌市红谷滩区世贸路 898 号博能中心Ⅰ期 A 座 20 楼
邮　　编	330038
经　　销	全国新华书店
印　　刷	天津融正印刷有限公司
开　　本	787mm×1092mm　1/32
印　　张	9.25
字　　数	185 千字
版　　次	2023 年 7 月第 1 版
印　　次	2023 年 7 月第 1 次印刷
书　　号	ISBN 978-7-5500-5168-3
定　　价	52.80 元

赣版权登字：05-2023-106
版权所有，侵权必究
发行电话 0791-86895108　　网　址 www.bhzwy.com
图书若有印装错误，影响阅读，可向承印厂联系调换。

始亦是终

迪伦在一个不算是房间的房间里,这是一个凭空出现的空间,没有墙壁,只是在灯光的照射下,边缘才被衬托了出来,待在里面让人深感幽闭的恐惧。除了带她来的人,没人知道她在这里。即使有人知道,也没人能救她,更没有人会来救她。迪伦的手脚没有被绑,但她仍然无法从所坐着的椅子上站起来。她的身体被一股无形的力量束缚着,自己根本无法支配。有六个审判官围着她站成一圈,讨论着她的命运。

"不能放她回去继续以前的工作,她知道得太多了。"
"我同意。"
"那个法子在其他人身上都奏效了,唯有她是个异类。"
"可不可以再试一次?"

有人嘲弄地哼了一声："你以为我没试过？她经历了三次，但她仍然记得，记忆刻得太深了。"

迪伦坐在椅子上微微发抖。三次，三次难以忍受的痛苦。她受不了再经历一次，她很想张开嘴乞求：只要不那么做，他们想怎么处置她都行，可惜她的嘴巴像身体的其他部位一样，都受到了桎梏。

"那还能怎么办？"

接下来是一段长时间的沉默，审判官们陷入了沉思。然后，一位审判官开口了，他压低了声音，如同耳语："是不是可以清除？"

清除？

"不能这么做！"这一声斥责来得很及时，却不够快，迪伦的心还是在胸腔里怦怦狂跳。

"我们不能消灭她。"另一位审判官指出，"但或许还有其他选择。"

"你这话是什么意思？"这位审判官正好道出了迪伦心中的疑问。

另一位审判官只是微微一笑。

第一章

有时做摆渡人会感到极度孤独,而在其他时候,比如此时此刻,迪伦能强烈地感受到自己并不孤单。有成百上千的摆渡人像她一样,履行着重要的职责。那是善行,是为刚从尘世的烦恼中超脱出来的灵魂服务。

她站在路堤边缘,低头望着一座刚刚坍塌的大桥的混乱废墟,桥上的汽车也摔得四分五裂,变了形。这座立交桥是两个城镇之间的主干道,车辆往来频繁,川流不息。傍晚五点半时,尤为如此。可一道道裂缝如同血液中的毒素,在大桥的混凝土结构中逐渐扩大,终于达到了致命的地步。

下面有幸存者,他们发出阵阵呻吟,哭泣不止。他们互相帮助着从破碎的车窗里爬出来，翻过参差不齐的混凝土块……但迪伦没有理会他们的困境。自会有救援人员来照顾他们。她不是为了活人才来这里的。

她是来寻找一个死者的。

原本在她身边等待的摆渡人渐渐散去，他们带走了分派给他们的灵魂，开始小心翼翼地安慰他们，消除他们心里的疑虑，向他们宣布死亡的消息……不过看到当时的情况，大多数灵魂肯定已经心中有数。迪伦耐心地等待着。分派给她的灵魂仍在死亡的边缘徘徊，拼命地寻求一线生机，希望有人来救她。不可能的。但凡她有机会活下来，迪伦也不会在这里了。

迪伦在脑海里把她所知道的关于那个女人的信息过了一遍。她叫伊莱恩，很年轻，只有19岁，是个大学生。她正开着她那辆破旧的掀背车过桥，去隔壁镇上的杂货店上夜班。她文静、朴实、勤奋好学，与父亲和祖母住在一起，他们都靠她照顾。迪伦为她感到难过，在这样的青春年华便因意外离世。

然而事情已成定局，同情也于事无补。

这时，迪伦感觉到灵魂出现在了冥世，便向山下走去。伊莱恩的车头朝下，车前部被两段桥身压得粉碎。汽车的驾驶室也在事故中变了形。驾驶座都被压扁了，别住了伊莱恩的双腿。一块断裂的金属割断了她一条腿上的动脉，她就是因此而丧生的。迪伦走到她身边的时候，她还坐在那里，双手抓着方向盘，无助地抽泣着。

"伊莱恩。"迪伦轻声说。

没有回应。

"伊莱恩?"她稍稍提高了音量,还加强了一点语气。

伊莱恩转头盯着迪伦,惊愕地睁大了眼睛。

"我被困住了,"她说,"我出不去。"

"不,你可以的。"迪伦温和地答道,"试试看。"

"不,不,我做不到。我的腿……"伊莱恩哽咽着说。

"没关系。"迪伦温柔地说道,"我知道你很害怕。把手给我,我来帮你。"

伊莱恩的手仍旧死死攥着方向盘,指关节都发白了。迪伦慢慢地把手伸进去,握住她的两只手。迪伦轻轻地掰开伊莱恩的手指,然后把她拉向自己。

"看着我。"迪伦哄劝道。

伊莱恩的眼睛牢牢注视着迪伦的眼睛,她那对暗淡无神的蓝色眼眸中闪动着泪光。

"就是这样。"迪伦鼓励道,"不要看别处。"

没有必要让伊莱恩看见她的血浸湿了座位,积聚在车厢底板上。

"过来,不要停。"迪伦把伊莱恩朝自己的方向拉,强迫女孩扭动身体,穿过敞开的车窗。伊莱恩依然坐着,只把上半身探出车窗,达到极限时,她就僵住不动了。

"我做不到。"她重复道,"我的腿被卡住了。"

她的思想仍然局限于人间的规则。她还不明白，那些规则已经对她不再适用了。

"你可以的。"迪伦回答，声音很坚定，"相信我。"

迪伦的语气不容置喙，手上又加大了力道，伊莱恩别无选择，只能乖乖听话。她扭来扭去，终于完全滑出严重损毁的座位，随即钻出破碎的车窗，身体向下坠落。伊莱恩浑身的肌肉都绷得紧紧的，迪伦连忙抱住她，以免她们两个一起从河堤滚进河里。除非伊莱恩完全明白自己脱离了人世，否则她的思维方式依然会表现得像正常的人类一样。她已经遭受过一次精神创伤，要是再掉进冰冷的河水里，那这最后一根稻草就可能会压垮骆驼，而迪伦并不愿意面对一个大脑停转的灵魂。

"就是这样。"迪伦喃喃地说，"好了，你出来了。我们去山上坐一会儿吧，也好歇口气。好吗？"

伊莱恩默默地点了点头，她仍然抓着迪伦的手，由迪伦牵着她从撞坏的汽车边走开。迪伦把她带到了足够远的地方，她们一直走到河岸顶端，她找了一根木头让伊莱恩背对着灾难现场坐下。伊莱恩试图扭着脖子向后看，但迪伦站在她的面前，试图通过交谈转移她的注意力。

"感觉怎么样？"她问道。

伊莱恩朝她眨了眨眼，一下、两下，好像在思考这个简单的问题。过了一会儿，仿佛终于消化了这句话的意思，伊莱恩的五官皱成了一团。

"真不敢相信会发生这种事!"她哀号道,"我的腿!"

她的腿早已好了。她刚刚是自己走上堤岸的,并没有依靠多少帮助。但她紧紧抓住双腿,就好像撕破了的牛仔裤下面伤痕累累,鲜血淋漓。

"没事了。"迪伦沉着地说,"你的腿很好。"

"不!"伊莱恩反驳道,她摇着头,拒绝接受现实,眼泪无声滑落,"不,我的腿被压得粉碎!一大块金属刺穿了我的腿。到处都是血!"

"你看!"迪伦对她说,"好好看看你的腿。"

伊莱恩痛哭起来,她的手在膝盖周围颤抖,好像她太害怕了,不敢碰自己的腿。迪伦蹲下,抓住伊莱恩的双手,把它们按在她的膝盖上。伊莱恩畏缩了一下,皱起眉头等待着她以为会到来的疼痛,然后,她僵在了那里。伊莱恩错愕不已,良久,她才抬起头,困惑地盯着迪伦。她垂下目光看了看自己的手,那双手把浸透鲜血的破牛仔裤向上拉起,露出了没有一点伤口的膝盖。大腿上那道致命的伤口不见了。

"怎么可能?"她问道。

"你受了很重的伤。"迪伦温和地回答,"金属切断了你腿上的动脉,你失血过多。"

"真是个奇迹!"伊莱恩吃惊地说。

"不是的。"迪伦摇摇头,脸上带着怜悯的表情,"你伤得太重,不可能幸存。"

"可是……"伊莱恩摇了摇头,"我不明白。我死了吗?我还在这里啊!我能看见我的车!"

她挣脱迪伦站了起来,指着断桥的残骸。现在那里没有人了,迪伦带着伊莱恩从她的死亡地点走出了很远,足以让荒原远离人间。而在真正的事故现场,医护人员和消防员仍然在努力挽救那些还有救的人。然而,汽车残骸仍然触目惊心,昭示着曾发生过一场灾难。

一个本该十分繁忙的地方却不见一个人影,但这似乎并没有引起伊莱恩的注意。

"看!"伊莱恩指着说,"就在那儿。"

"对不起,我知道这很难理解。"

伊莱恩猛地转身面对迪伦。

"我是幽灵吗?"她停顿了一下,"那你是谁?"

"我们两个都不是鬼魂。"迪伦向她保证,"你已经不在人间了。你能看到的,只是你离开的那个地方的复制品。这里是一个连接点。你在冥世。"

"这里是……天堂?"

"比那更远。"

伊莱恩环顾四周。她眉头紧锁,注视着堤岸,农田从公路边延伸开去。迪伦知道她在想什么。不管她以为的冥世是什么样子,肯定都不是现在这样,与她刚刚离开的地方别无二致。

"店里有个老太太还说我会受地狱之火的焚烧,现在看来她说错了。"伊莱恩翻了个白眼,喃喃地说。

"这与你所想的并不一样。"

"确实不一样,但这并不奇怪。我的意思是,这是人生最大的谜团,对吧?"她转向迪伦,眼睛瞪得溜圆,眼神惊恐不安。"那现在怎么办?我们去哪里?我们要做什么?"她把头歪向一边,"你既然不是幽灵,那你是……天使?"

"我不是天使。"迪伦立即说,"我是摆渡人。我的工作是接上进入冥世的灵魂,带他们穿过荒原,前往可以开始新生活的地方。"

"那是什么地方?"

"那里没有真正的名字,但我们称之为'家园'。那个地方会让你产生归属感,会让你愿意留下。"

"我们怎么去?"

"走着去。"

伊莱恩面露愁色:"远吗?"

"几天的路程。"

灵魂的神情更加不快了:"我不太喜欢徒步旅行。为什么这么远?"

"这样你才有时间调整自己。你刚刚才遭受了巨大的冲击,对你的影响还没有完全显现出来。你可以利用路上的这段时间去消化、去思考,从而接受已经发生的事实,适应新的环境。"

"安全吗?"

"是的。"迪伦承诺道,"在这里没什么能伤害到你,而且也不需要着急。我会一直陪着你,直到你准备好继续前进。"

伊莱恩点了点头,看起来放心多了:"你知道那里是什么样子吗?是不是像家一样?你去过吗?"

"去过。不管你有什么问题,我都会回答。"迪伦朝她笑了笑,"一切都会好起来的,伊莱恩。"

第一天她们没走多远。伊莱恩说得对,她的确不擅长徒步旅行。她走得脸颊通红,呼吸急促,每隔一段时间就要停下来"欣赏风景"。迪伦并不介意。穿越荒原不是急事,而且就灵魂而言,伊莱恩是一个相当讨人喜欢的同伴。她既没有怨天怨地,也没有号啕大哭,她很平静,因此天空也非常晴朗,艳阳高照。

要到深夜时分,她的情绪才会爆发。那时候她们会停下来等黑夜过去,而伊莱恩那受人间规则制约的思维依然认为自己需要休息。她只要不把全部注意力都放在走路上,悲伤就会席卷而来。

随着太阳开始向地平线沉落,迪伦停在一座山丘顶上。风景在她的面前延展开来,在几英里的范围内,一座座和缓的山丘连绵起伏,小片的树林分布其间,偶尔还有一些露出地面的岩石。有那么一会儿,她聚精会神,这一层表面的景象随即逐渐褪去,真实的地形显露了出来。到处都是红色和黑色,边缘尖锐,形状鲜明。这也许是一幅惨淡凄凉的景象,但迪伦喜欢。它真实、原始,没有半点人间的气息。

她从来没有去过人间,也没有能力像某些司官一样穿越到人间。但是,在摆渡一个又一个灵魂的过程中,她见过人间的种种环境。这二者没什么可比较的。

在真实的荒原里,迪伦还可以看到其他摆渡人,因而知道自己并不孤单,还有很多人和她一样。

此时,和她一起到桥上接灵魂的摆渡人都不见了踪迹。他们已经走出很远了,说不定大都到达了第一个休息点,那个地方还很远,在地平线上。

"现在该做决定了。"迪伦见伊莱恩走到自己身边,便说道。

伊莱恩点了点头,表示听到了迪伦的话。她现在上气不接下气,根本说不出话。

"我们可以继续往前走,不远处有一栋小屋,我们可以在里面过夜。"

"还有别的选择吗?"

"还可以去那里的小山谷,在星空下休息。"

"睡在户外?"伊莱恩尖声叫道。

迪伦点了点头,唇边漾开了一抹微笑。

伊莱恩叹了口气。她看起来很累,思想仍然束缚在早已抛却的肉身上。她的思想告诉她,她走得比平时远,还让她相信自己的腿很疼。它告诉她,天就快黑了,她需要找个地方睡觉。这些都不是真的,但灵魂不能在眨眼间就抛开自己一生的习惯。

"小屋里有床吗?"伊莱恩问,"有没有热水?有没有一大块巧克力蛋糕?"

"都没有。"迪伦答道,这会儿,她的笑容加深了。

"那就待在这里吧。"

"不错的选择。"

迪伦带领伊莱恩下山,沿小路走着,但在伊莱恩眼中的荒原里,她是看不见小路的。最后,她们来到了一个小山谷,那里有几块巨石和一棵刚刚开始钻出嫩叶的垂柳。暮色时分,小小的花朵散发着清香,对迪伦来说,能坐在茂密的草地里,背靠坚实的巨石,是非常愉快的体验。

这会儿,伊莱恩看起来不那么确定了,她仔细检查了自己所选的那块草地,还重重地把草踩扁,踩出一块地方,然后她盘起腿,笔直地坐在了上面。

迪伦什么也没说,安静的气氛弥漫在两人之间,伊莱恩的呼吸也逐渐稳定下来。迪伦很清楚,伊莱恩很快就将抛出一大堆问题,还可能掉眼泪。第一个夜晚向来都是最煎熬的,随着黑暗笼罩,灵魂很可能崩溃,将内心的情绪宣泄出来。尤其是那些年轻的灵魂,比如伊莱恩,毕竟他们总以为死亡要在很久以后才会到来。

迪伦并不介意,因为这就是她出现在这里的目的。她是向导,不过脚下的小路还算方便易行。在她看来,她存在的真正原因则是为了帮助灵魂完成过渡,从人间走到恒久存在的来世。

"我们在这里安全吗?"伊莱恩问道,直接打断了迪伦的思绪。

灵魂还保持着僵硬的姿势,神情紧张地环顾着四周越来越浓重的夜色。也许迪伦应该坚持去小屋才对。

"非常安全。"迪伦向她保证。

"我家的乡下有熊出没。"伊莱恩说,"还有猞猁和美洲狮。"

"这里不一样。"迪伦安慰道,"荒原里没有哺乳动物,也没有飞鸟和昆虫,只有灵魂和摆渡人。我向你保证,你很安全。"

"好吧。"伊莱恩轻颤着笑了笑,稍稍放松了下来。她不再盘腿,转而用双臂环住膝盖,肩膀也松弛了一些。迪伦用眼角的余光打量着她,看到她有好几次张开嘴又闭上,终究还是没有开口。

她随时都会爆发。

"我有问题要问。"她终于说道,声音很低,"很多很多问题。"

这是意料之中的事。

"我会在这里为你一一解答。"迪伦承诺道。

第二章

"出去！给我出去！"

比格尔还没看到那个女人，就听到了她的声音，但只过了一会儿，她就挥舞着一根大擀面杖冲出了房子。她又高又壮，一脑袋卷发夹紧紧贴着头皮，身上印花连衣裙的泡泡袖向上卷起，健壮的手臂露在外面。跑在她前面的是一个矮胖的男人，他用手捂着自己的光头，保护脑袋不被打到。他穿着几乎褪色了的红色背带牛仔裤，一件网眼背心遮着毛茸茸的胸口。

比格尔叹了口气。他很熟悉这两个灵魂，为他们调解过很多次这种纷争了。根据经验，他知道没那么快完结。

"疯了，你这个女人！我告诉你，你就是个疯子！"

男人跑出了屋子,看到擀面杖打不着自己,胆子便大了起来。他虽然个子不高,但还是挺直了身体,瞪着她。

"我是疯子?我肯定是疯了,不然也不会在婚后忍受了你这个懒蛋整整50年,死后还是没有让你滚得远远的!我是承诺过一直爱你,直到死亡把我们分开,如果你记得的话,这一点我们已经做到了,那我为什么还要和你在一起?"

"是因为爱,格拉迪斯!这就是爱情啊!"

格拉迪斯发出一阵窒息般的笑声,笑声还夹杂着几分嘲讽。

"只有十几岁的小屁孩才谈爱情!"

"我们也有过十几岁的时候。"男人反驳道。

"啊,我想起来了,乔治。那时候你还有一头浓密的头发,牙齿一颗也不少,还很迷恋罗兰,一有机会就对着人家发呆。哼哼。"格拉迪斯继续说道,显然她很高兴用这个小花边消息让丈夫措手不及,这件事她一定保密有一百年了,"如果你以为我不知道,那你就是个傻瓜。但该羞愧的是我,明知道你是个傻瓜,却还是嫁给了你!"

"胡说八道!我才没有!"乔治过了一会儿才再度打起精神,但格拉迪斯从他的眼神里看出他的想法发生了变化。他正在做决定。他深深吸了一口气,脸上露出了愤愤的神情:"那你呢?你和格雷戈尔是怎么回事?这事你怎么说?"

格拉迪斯翻了翻白眼:"你说你弟弟?别傻了!"

"不，不是我弟弟。是在弗利特那会儿，和我们住同一条街的那个老师。就是他！"

"谁？我甚至都不记得你说的这个人了，你这家伙！你又在胡思乱想了！"

"随你怎么说！"

"我说！我说你一向爱嫉妒，乔治。我和别的男人说话，你嫉妒，你的朋友们买了大房子，你也嫉妒。你甚至还嫉妒街角的马尔科姆，就因为人家种的花开得更艳丽，老天！你……"

比格尔觉得是时候现身了，他走出阴影，让自己的身形变成实体。格拉迪斯立刻就发现了他，因此话说到一半就住了口，但乔治背对着比格尔，没有注意到他的到来。他踮着脚尖上蹿下跳，双手攥成了拳头。

"什么？你要说什么，你这个女人？说下去，告诉我！"

"下午好。"比格尔说，他的声音很尖锐，穿透了乔治的熊熊怒火。

乔治原地转过身，比格尔留意到他立即就认出了自己。乔治沉默了一会儿，然后低下头，恭敬地点了点头。

"你好。"他颤颤巍巍地说，双下巴微微地抖动，他努力不让下唇颤抖。

比格尔叹了口气。灵魂都叫他们为鬼怪，可他不喜欢。但这也许有好处，毕竟他现在的角色和警察差不多，在这样的时刻现身以维持人们之间的和平，而人们尊重他，事情办起来就更顺手。然而，看到他们可以轻松相处，看到他们大声开玩笑，相互关联，他却知道自己永远也不能享受这些，就不由得痛苦万分。当然，他也有兄弟，就是委员会里的其他审判官，但他们并不是一家人。不是的。他们之间的联系并不存在感情。

那种联系里没有爱。

即使比格尔对灵魂一无所知，他也知道那是能够驱使灵魂的力量。他们一直都在寻找爱。

也是这个原因导致了诸多的冲突，而他必须出面调停。

"我注意到你们的情绪出现了波动。也许我能帮上忙。"

格拉迪斯撇了撇嘴。

"是吗？是谁在嚼舌根？"她怒气冲冲地望着街上，好像以为会有爱管闲事的邻居隔着纱窗的网眼窥视这里发生的一切。

可是什么人也看不见。大街小巷里住着很多灵魂，他们住得很近，享受着彼此的陪伴。可没有人愿意住在格拉迪斯和她丈夫附近。比格尔不能责怪他们。

"不需要灵魂向我报告哪里出现了骚乱。我们负责照管你们、保护你们，只要你们发生了矛盾或争执，我们便能感觉到。"

"你保护我们什么？"格拉迪斯问道。

保护你们不受自己的伤害，比格尔选择不把这个想法说出来。

"你并没有保护我们。"她接着说，"你觉得自己是警察！你是来训斥我们的，对吗？你要怎么做，把我们关进监狱？"

"好了，格拉迪斯……"乔治喃喃地说。

格拉迪斯没有理会他轻声的责备，而是从他身边走过，挡在了他的身前。

啊，是的。比格尔强忍着才没有去捏自己的鼻梁，他看到过无数灵魂在忍耐到极限甚至突破极限后这么做。他从来没有过这样激动的情绪，但如果可以不再与格拉迪斯夫妇拉扯不清，他肯定会很高兴。

"怎么样？"格拉迪斯追问道。她怒视着他，双臂交叉在胸前。

到目前为止，比格尔每次与这对夫妇打交道都是这样。格拉迪斯可以对丈夫呼来喝去，但只要他受到一点威胁，她就会把注意力像激光聚焦一样转向威胁的源头。

这倒不是说比格尔是个威胁……

"也许你们分开住，能开心一些。"他建议道，"你们不愿意，就没必要继续住在一起。"

"你想拆散我们！"格拉迪斯指责道。

"并不是。"比格尔安慰道，"这只是一个建议而已。我只希望你们能幸福。"

"还有什么地方比待在我丈夫身边更幸福的呢？你说呀？说呀！"

比格尔屈服于内心的冲动，揉了揉额头，努力抑制住提高嗓门儿的欲望。审判官不会被愤怒左右，他们根本感觉不到任何情绪。

他又一次提醒自己这一点，然后才觉得自己可以再度安全地开口。

"你丈夫也是这么认为的吗?"

格拉迪斯转过身来面对乔治。面对她那狂暴的怒气,他没有退缩,而是对她咧嘴一笑,伸手握住了她的手。

"能成为你的丈夫是我的荣幸。"

格拉迪斯心软了,她凝视着丈夫,天真的眼神里充满了爱意。比格尔看向别处。假如他有心,一定也会感到心底暖意融融。只是眼下情况突变,他真想翻翻白眼。

"这么说一切都好了?"他问。

那对夫妇没理他。乔治伸出手,把手掌贴在格拉迪斯的脸颊上。

"进屋吧,亲爱的。我突然很想弹钢琴。你愿意和我一起唱首歌吗?"

"我很乐意。"格拉迪斯回答道,她有些哽咽了。

比格尔看到自己的任务完成,便后退一步,隐入了阴影中。格拉迪斯和乔治回屋时甚至没有转身看看他。

比格尔感到胸口骤然缩紧,连带着下巴也紧绷起来,眉头皱成一团,他穿过分隔家园层叠空间的帷幕,最后在一个巨大的房间里再度显形,这里与他涉足人间时见过的宽敞的大学图书馆极为相似。地板上铺着深紫色的地毯,踏在上面,脚步不会在偌大的房间里引起任何回声。墙壁边排列着很多书架,而墙壁可以随意收缩和扩大。记录室是一个神圣的地方,只有新来的灵魂才能进入,负责管理此地的司官既要迎接随摆渡人前来的灵魂,又要保管已经进入家园的灵魂档案。

比格尔立刻感觉到了自己要找的那位司官。他坚定地移动过去，像磁石受到吸引一般，但当他看到萨利[①]时，他意识到她很忙。司官萨利正和一个灵魂站在一起，那个灵魂刚刚抵达，脸上还带着恐惧和敬畏。她从书架上取下一个记录簿，放在一张装饰华丽的桌子上。比格尔看到灵魂的脸上露出了喜色。

他恭敬地在远处等待。萨利在向灵魂介绍家园，解释着这里的情况，以及灵魂在这里的新生活会是什么样子。他很清楚萨利已经知道他来了，但那位司官把全部注意力都集中在自己负责的灵魂上。这是萨利的工作，是她存在的理由。她的职责是安抚恐惧，让家人团聚，陶醉于初来乍到的灵魂所怀有的敬畏之中。比格尔倒是很喜欢这样的工作，他觉得这样的工作很有意义，还非常有趣，甚至不必面对那么多怒不可遏、挥舞着擀面杖的灵魂，但职责并没有改变。他是个审判官，就是这样。

"比格尔。"萨利向他飘行过来，灵魂则走开，去探索全新的世界了。萨利面带微笑，比格尔立即感到自从与格拉迪斯和乔治见面后就挥之不去的紧张感消失了。"你还好吗？"

"从来没有不好过。"这是实话。

"当然。"萨利微笑着摆摆手，示意不再谈这个愚蠢的问题，"我是说，你幸福吗？"

[①] 萨利为家园的迎灵官，负责迎接灵魂，为他们介绍家园。家园里的迎灵官没有性别之分。——译者注

"幸福？谈不上。"比格尔答，情感对他而言就像疾病一样陌生，"但我也不是不幸福。"

"你有点古怪。"萨利轻笑着说道。

是吗？

面对这样的消息，他不懂该如何应对。

"这里的一切看来都很平静。"他说道。

"向来如此。"萨利答，"什么风把你吹来了？"

"我是来看你的。"

司官周身散发出一股暖意："是吗？为什么？"

比格尔被问得有些措手不及，便顿了顿，没有说话。他不知道该如何回答，这让他感觉十分不自在。他并没有真正想过这个问题，与那两个灵魂见面实在叫人恼火，他便忍不住想来见萨利。

他只是……很想这么做。

"我有一个新故事要告诉你。"他突然想起，于是说道。

很好。这是一个有力的理由，可以解释他的决定。

萨利面露喜色："太棒了！过来坐吧！"

萨利把他带到一张看起来很舒服的皮沙发前，让他坐下。记录室虽然是一个宽敞而繁忙的空间，但当他们坐下时，沙发周围的墙壁变成了一个壁龛，向后远离主区域，保护了他们的隐私。

萨利坐在座位边缘，指尖敲击着膝盖，脸上流露出期待。比格尔感到内心有什么东西放松了下来。他得到了萨利的全部关注，能感觉到她的兴奋。比格尔屈从于内心的愿望,停顿了一下,吸了一口气。然后,他把气吐了出来。

萨利只忍耐了片刻,便前倾身体,戏谑地拍了拍比格尔的一条腿。

"你在等什么?快说吧!"

"好吧。有一次我去人间,在一个图书馆里得知了这个故事。那是一部电影。电影就是人们对着摄影机,把故事情节表演出来,摄影机是一种设备,可以用来……"

"我知道电影是什么。"萨利不耐烦地打断了他的话。接着,她虽然急着听故事,但还是问道:"你为什么去人间?"

这是一个合情合理的问题。比格尔去人间并不是什么稀罕事,但他并不经常到那里去。

在那里,人们的所作所为与冥世几乎没有什么关系。

通常情况下确实如此。

"出现了一种全新的医疗设备,可以让灵魂起死回生。"

萨利倒抽了一口凉气:"那不可能!"

"但他们能做到。我亲眼看到的。有灵魂即将出现在冥世,于是摆渡人受到召唤去接他们。可接下来……那个医疗设备让心脏重新开始跳动,灵魂随即便被吸回到了肉身里。第一次发生这种事的时候,摆渡人还被困在了那里。他们被卡在荒原的边缘,太深入灵魂所处的人间,根本无法把他们拉回来。"

"那该怎么办?"萨利问道,她的声音低如耳语,"会进行……

干预吗?"

比格尔耸耸肩:"我不知道。我已经把我的发现上报了。这样的决定都是由别人来做的。不过,我不明白这有什么意义。他们现在变得非常聪明。就算把那台设备弄走,还会有别人再发明出来。人间正在发生变化。很快我们可能也要改变。"

萨利消化着这些话,一时间沉默了下来。

"想听故事吗?"

于是萨利把人类快速发展的问题丢到一边,学着比格尔的样子,认为这不是自己该关心的事。她把自己的注意力重新集中到比格尔身上。

"是的!"她歪着头看了看比格尔,"是不是爱情故事?"

比格尔强忍着才没有笑出来:"你最喜欢听爱情故事?"

"明知故问!"

"好吧。"

萨利发出了一种很像是尖叫的声音:"到底是不是?快告诉我!"

"我给你讲过一部戏叫《罗密欧与朱丽叶》。还记得吗?"

"是的。"萨利阴沉地看了他一眼,"我不喜欢那个故事。简直太愚蠢了!他们本来可以幸福地生活在一起。谁在乎你的家人是谁呢?还有那个提伯尔特!真是个鲁莽的年轻人。没有必要……"萨利的声音慢慢地消失了,她意识到比格尔就快忍不住大笑出来了。

"也许我不应该告诉你这个新故事,我不想再惹你烦恼了。"

"不行!"萨利噘着嘴说,"我想听听。"

"你要记住这个故事不是真的,好吗?"

"我会的。"

"那好吧。这部电影讲的是那部戏的作者,威廉·莎士比亚。"

"他是真实存在的人。"萨利说道。

"是的。但这部电影是在他死后几百年,由不认识他的人拍摄的。他们想象是什么促使他写出了《罗密欧与朱丽叶》这部戏。"

"肯定是非常可怕的原因。"萨利喃喃道。

比格尔又在强忍笑意。

"在电影中,威廉·莎士比亚是一个穷得叮当响的剧作家,为了生活苦苦挣扎。他在努力写剧本,却失去了灵感。他自己不知道,但他有一个超级粉丝——一个贵族少女,名叫薇奥拉。她打扮成一个男孩,参加了他的一出戏剧的试镜。莎士比亚对此印象深刻,却对她的真实身份一无所知。他跟着她回家,希望能说服她出演这部戏,结果看到了她身为贵族少女的本来面目。见她美丽不可方物,他就爱上了……"

"美丽不可方物?"萨利吸着鼻子打断了他的话,"她的演技怎么样?"

"他并不知道是同一个人。"比格尔解释说,"他们继续一起创作那出戏,与此同时,莎士比亚努力追求薇奥拉,最后终于被他发现,年轻的男演员和美丽的贵族少女居然是同一个人。于是灵感回来了,他为她创作出了剩下的剧本。"

"那么,为什么罗密欧与朱丽叶的结局这么悲惨?"

比格尔咯咯地笑了。每当他给萨利讲人间的故事,司官总会忘记虚构和现实之间的模糊界限。

"嗯。"他说。

"啊。"萨利站起来,责备地看着他,"电影后面的故事就要发展成悲剧了!"

"确实如此。"

"你答应过给我讲爱情故事的!"

"我确实答应过。这个故事讲的就是爱情。有件事莎士比亚和薇奥拉不知道,薇奥拉的父亲已经把她许配给了一位名叫威塞克斯勋爵的贵族。他计划带她去另一个国家。那样的话,她就再也见不到莎士比亚了。"

"后来呢?"萨利轻声问。

"她被迫嫁给了那个贵族。她很清楚,自己再也不可能与莎士比亚在一起,便在婚礼后出逃,只求能和他一起表演一次那出已经写完的戏剧。莎士比亚写了悲剧结局,代表着他们二人爱情的终结,因为演出一结束,她就必须离开,再也不会回来。"

"啊!"萨利痛苦地皱起了眉头,"她为什么不向她的父亲解释自己爱上了别人?"

"她确实告诉过父亲,她不想嫁给威塞克斯。可他不听。"

"那结局如何?"萨利恳求道,"是大团圆结局吗?"

"薇奥拉和她的新婚丈夫上了一艘船。但在离开之前,她让莎士比亚承诺会继续创作剧本。"

"就这样?"

"就是这样。"

萨利抽了抽鼻子。"我觉得这个爱情故事不好。"她看了比格尔一眼,"希望下次能听到故事的结尾是'他们从此过上了幸福的生活'。"

比格尔忍不住大笑起来:"为了让你高兴,我会尽力的。"

萨利的脸上露出一丝玩味的神情:"你一定要做到。"

一时间他们谁也没有说话,接着比格尔叹了口气。他不是来告诉萨利他之前处理的那场冲突的,但现在他发现自己想谈谈这件事,再说他也不认识别人可以分享秘密。

"我今天去找过一对灵魂,他们起了冲突。这不是第一次了。我不得不多次进行干预。"

"他们为什么起冲突?"

比格尔耸耸肩道:"各种各样的事。我们消除了贫穷、疾病和痛苦,可他们仍然不快乐。我真搞不懂他们。"

萨利把头歪向一边:"他们为什么不分开?"

"他们不会听的。我一这样提议,他们就联合起来对付我。他们不能和睦相处,却也不能分开。他们的爱情就是这样。"

比格尔知道，自己的脸上也和萨利一样，都写满了困惑。

"我们的工作不是推理原因。"萨利慢慢地说。

"不是，"比格尔表示赞同，"当然不是。但是，我还是忍不住好奇。"

萨利的笑声在狭小的空间里回荡。"我也是。"她赞同道，"我也是。"

第三章

萨利离开了记录室，脸上带着微笑，步伐悠闲轻松。她向另一个正等着迎接新灵魂的司官告别，然后朝一扇门走去。她只是要去做自己的事，而这没什么不寻常的。

但是，一种无休止的焦虑啃噬着她的内心。会不会有人问她要去哪里？会不会有人跟着她一起去？会不会有人向审判官报告她行为古怪？这些担忧每天都困扰着萨利，但是……她得到的回报非常高。

并没有人阻止她。

没有人问她要去哪里。

萨利悄悄穿过大门，径直走进了一个明亮欢快的空间。墙壁是淡绿色的，有几扇大落地窗，可以看到窗外充满阳光的温暖世界。

有一面墙上画着动物和五颜六色的花朵，都是出自萨利之手。角落里有一个大衣柜，靠墙放着一张婴儿床，床边有一把用旧了的摇椅，但大部分空间都很空荡。这是一个秘密地点，家园里的其他司官都不知道，只有一个灵魂知情。萨利走进去时，那个灵魂抬起头来。她坐在地板上，周围散布着丢弃的玩具，正试图安抚一个哇哇大哭的婴儿。

"啊，你来了！"

"杰茜卡，一切都好吗？"

"不，一点也不好。今天他就是不肯安静。我看托比是想你了。"

在那一刻，婴儿转过头，看到了萨利。有那么一会儿，他很开心，双眼亮晶晶的，但接着他的下巴颤抖起来，又开始哭个不停。他伸出胖乎乎的小胳膊，显然是想要抱抱。

萨利对他下巴上的口水和鼻子周围的鼻涕毫不在意，急忙上前把他抱起来。

"啊，托比！可怜的小宝贝！想我了吗？很抱歉，我得照顾新来的灵魂。这是一份重要的工作。我也很想在这里陪着你，我的宝贝。"

托比还不到六个月大，不可能听懂她的话，但当萨利温暖、悦耳的声音在他耳边响起时，他便安静了下来。他拍了拍司官的肩膀，还拍得很用力，然后他把头垂到她的肩膀上，开始用牙龈咬萨利那件宽松外衣的接缝处。

"你只是来看看，还是……"杰茜卡的眼中充满了希望。

"你可以走了。"萨利说,"我留在这里。"

"太好了。"杰茜卡松了一口气,然后面露难色,"不是我不乐意照顾他……"

"只是有些时候比较轻松,有些时候比较难。"萨利替她说完,"我明白。"

杰茜卡笑了笑。她的目光落在托比身上,托比正慢慢地闭上眼睛,他的小手紧抓着萨利那被口水打湿的外衣。

"他现在看起来是那么平静。他很高兴你回来了。"

"我很高兴能回来。"

"好吧,那明天见了?"

"明天见。"萨利同意道。她犹豫了一下,在杰茜卡走到育儿室门口时,她叫了她一声:"你知道,我很感激你。当我不能在这里的时候,知道他很安全,有关心他的人在身边,对我来说意义重大。"

"不客气。"杰茜卡的笑容温暖又真挚,可接着,那笑容从她的脸上消失,眼睛里还流露出了一丝谨慎,"他怎么会在这里?"

"什么意思?"

"他为什么不和别的孩子一起在托儿所里,等着父母有朝一日来到家园接走他们?"

萨利顿时感觉到一股寒意蔓延到自己的全身:"你答应不过问托比的情况。你也答应过不把他在这儿的事告诉任何人。"

萨利生性不喜欢发脾气,也从不憎恨别人,更不会诉诸暴力,但此时她的话语中暗含着明显的威胁意味。她自己也听到了,甚至为此感到羞愧,但对托比的担心超越了她想收回这句话的冲动。

"我不会的!"杰茜卡向她保证,"我从没有对任何人讲过托比的事,以后也不会,只是……我当他的保姆这么久了,只是有点好奇。他和其他孩子在一起不是更好吗?待在其他孤儿身边,对他不是更有好处吗?小宝宝们在一起,可以交交朋友。"

萨利深吸一口气,提醒自己不要把婴儿抱得太紧。小宝宝现在睡着了,但对包围着萨利身体的紧张有点不满。

"我只是……"萨利情绪激动,喉咙像是堵住了,无法继续说下去,"我实在于心不忍。我观察了他很多年,我看到其他宝宝都与他们的妈妈团聚了,只有他一直在等待。尽管他还很小,但在我看来他已经明白是怎么回事了。不知何故,他就是明白。在这种情况下,有谁能不奇怪妈妈为什么不来接自己呢?"

萨利凝视着杰茜卡,她的眼中闪烁着恳求的光芒。

"那他的妈妈为什么不来接他?她不知道吗?还是她不想要他?"

"她并没有来这里。"萨利简单地说,"你明白这是怎么回事吗?"

"不太明白。"

萨利咽了口唾沫,沉思着。这种事向来都是秘而不宣的。不可以让灵魂知道禁锢他们的镀金笼子是如何运作的。灵魂若是对此有疑问,就要带着温暖的微笑,提醒他们在这里是多么的安全舒适。而现在,萨利居然主动向杰茜卡提起了这件事。

但那个灵魂已经证明了自己是值得信赖的。她一直保守着萨利的秘密。

"要是父母不在,婴儿就不能长大。如果婴儿在人间夭折了,就会被带到这里,但他们不能长大,只会保持原样,等待着父母来找回他们,再把他们抚养长大。"

"这我知道。"

"有时候就很幸运,婴儿来到家园没多久,父母就会来接他们。也许是几天或一个月。可其他时候也许需要数年。"萨利停顿了一下,紧紧地拥抱了一下托比,"甚至有时候会相隔几十年。"

杰茜卡心生怜悯,双眉紧皱在一起,蓝色的眼睛里闪烁着泪光。

"他等了很久了?"

"托比夭折的时候,他的妈妈只有17岁。如今再过几天,她就102岁了。"

杰茜卡的手慢慢地捂住了嘴,然后她皱起了眉头。

"那他的父亲呢?"

萨利摇了摇头。

"有时候,父亲不被批准带走孩子,除非能得到母亲的同意。托比就是这种情况。"

"但为什么……"杰茜卡说着说着,忽然明白了是怎么回事。"啊。可怜的孩子。他们母子都很可怜。"她走回房间中央,轻轻地把一只手放在睡着的托比的背上,"她会要他的,对吧?有没有妈妈不想要回自己失去的孩子？这种情况发生过吗？"

"她肯定想要自己的孩子。"萨利向杰茜卡保证，"她很快就会来这里找回他的。"

想到这里，萨利的胸口传来一阵剧痛。她很清楚这一天就要来了，她曾经盼着时间快点过去，这样托比就能和母亲团聚，她每晚都在为托比祈祷，但她内心有一小部分自私的想法，希望人间的时间能慢一点。她想多要几天，再多几天。

"等他的妈妈接他走了，我会想他的。"杰茜卡说，"但这是最好的结果。"

是的，萨利心想。这是最好的办法。

"再见。"杰茜卡轻轻地挥了挥手，过了一会儿，门在她身后轻轻关上了。

萨利把托比抱在怀里，朝摇椅走去。她慢慢地坐下来，以免吵醒托比，然后轻轻地把他挪到胸前更舒服的位置。她前后摇晃着，开始低声哼着曲子。托比满意地扭动了一下，伸出小小的手指紧紧抓住萨利的拇指。

是的，萨利心想。这是最好的结果。他需要和母亲在一起。但不是今天，不是此刻。

第四章

杰茜卡打开了她和姐姐洛琳合住的公寓的前门。她们当初一起死去,现在又一起生活。这很有趣,因为她们从小就同住一个房间,却偏偏无法忍受彼此。可后来洛琳搬去和她约会了很久的男孩一起住……这件事她暗示了好几次……杰茜卡却非常想念她。

公寓里很安静,这有些不同寻常。洛琳即便不看电视或听音乐,也一定会唱歌,有时还会自言自语。她这个姐姐从来都不喜欢安静。

"洛琳,你在家吗?"

"在这儿呢。"洛琳的声音从厨房传来。

那声音听起来并不像洛琳。杰茜卡的姐姐总是很开朗,有时甚至开朗得令人恼火。但此时此刻,她听起来有点……紧张,甚至还很害怕。

杰茜卡小心翼翼地穿过公寓,心里充满了疑惑。她来到厨房,在门口停了下来,往里面看了看。洛琳坐在小桌旁,桌面上并没有铺着她们平时常玩的手工或拼图。桌上什么都没有,只有洛琳的两只手紧紧地握在一起。

"出什么事了吗?"杰茜卡问。

"我一直在等你。"洛琳说。

"怎么了?"

"我们得去爸妈家一趟。"

"好啊。为什么?"她们经常去看望父母。光是这件事,当然不足以让洛琳露出这种表情。"出什么事了吗?"

"我不该说的。"洛琳回答道,"我只负责带你过去就行了。"

"你有点吓到我了。"杰茜卡说着微微一笑,希望能缓解紧张的气氛。

洛琳没有回答,只是站起身,她的椅子向后刮擦的声音在安静的房间里显得格外响亮。

她们只要拉开前门,就能从公寓走到父母住的联排别墅,只需要一小会儿工夫。可洛琳领着杰茜卡下了公寓大楼的楼梯,来到了街上。天色已晚,太阳落到了地平线后面。天空呈现出红色、粉色和橙色,看起来美轮美奂。正常情况下,杰茜卡会停下来欣赏美景,可在今晚,这似乎是不祥的预兆。

"洛琳,这是怎么回事?"

"我告诉过你,我不能说。"

"是我有什么麻烦了吗?我什么也没做!"

洛琳停住脚步,转身看着她,担心地咬着嘴唇。

"我想惹事的不是你。"

"你这话是什么意思?"

洛琳没有回答,只是摇了摇头。

"走吧。先去那里再说。"

当她们拐到父母住的那条街上时,街灯刚刚亮起来。母亲在窗户上装饰了漂亮的花箱,看起来非常亮丽,外门敞开着迎接她们,杰茜卡却感觉不到这栋房子平日里欢乐的氛围,似乎有什么可怕的东西潜伏在里面,那是她从未感受过的存在。从街上到前门有六级台阶,她刚走上第一级就停住了脚步,她的身体不愿再往前走。

"走吧。"洛琳催促道。她脸色苍白,神情紧张,看上去和杰茜卡一样不愿进屋。

杰茜卡抑制住想逃跑的冲动,跟着姐姐走上台阶,穿过前门,走廊的阴影把她们吞没。她们经过客厅,走向房子后面的大厨房。一座落地大钟嘀嗒作响,就像一场死刑的倒计时。在杰茜卡小时候,所有重要的家庭会议都是在厨房举行的,所以她一点也不惊讶洛琳现在带她来这里。

她惊讶的是,竟有个陌生人和父母一起在等着她们。

"杰茜卡?"父亲拖长音说。他的表情严肃,浓密的胡须下方也没有了平时的笑容。母亲还在他左边的老位子上,皱着眉头,紧张地望着杰茜卡。她无法从他们异常的表情中看出什么,便转身去看那个靠墙站着的人。那是个男人……或者说是一位司官。

他个子很高,披着斗篷,五官很像人,但他散发出的冷酷和强大的气场告诉杰茜卡,他和她们不同。他与把杰茜卡带来此地的摆渡人玛尔不同。玛尔看上去不过是个风度翩翩的年轻人,还很英俊。来到家园时,迎接杰茜卡的司官显然更具冥世的特点,但他散发出的只有温暖和安慰。

那并不是杰茜卡现在的感觉。

"出什么事了?"杰茜卡问道,"这是谁?"

父母都看着陌生人,他向前迈了一步,成为众人瞩目的中心。但他原本就是焦点所在。

"我叫斯特恩,是一名审判官,也许你知道什么是审判官?"

他锐利的眼神仿佛能将她看透。杰茜卡惊恐地琢磨着,他是否从她的脑海里读出了答案。

"不知道。"她结结巴巴地说。

"有意思。"他看起来有点惊讶,接着,不管他脑袋里有什么想法,他都将其抛到了一边,"我来这里是想和你谈谈你和司官萨利的关系。"

"好吧。"

"你认识萨利吗?"

"是的。"

"你们是怎么认识的?"

"是她让我初次了解了家园,还帮我找到了洛琳……"杰茜卡指了指身后在门口徘徊不安的洛琳,"也是她帮我找到了我的父母。"

"那是你和她最后一次联系吗?"

"不是。"杰茜卡回答时心一沉。面对着眼前的审判官,她除了据实以答别无他法,但她也有一种可怕的感觉:她给自己的朋友惹麻烦了。即使她并不清楚其中的原因。

"请解释一下你和萨利为什么还有联系。"

"我……"杰茜卡无助地耸了耸肩,"我们是朋友。"

"朋友?"审判官重复道。他听起来很困惑,好像这是一件无法理解的事,"你们是怎么成为朋友的?"

杰茜卡犹豫起来,牙齿咬着舌头。是萨利来找她的,但她不想把这件事告诉斯特恩。当时,那位司官问她为什么要花那么多时间在托儿所里陪伴孤儿,还听杰茜卡倾诉她一直想做一个母亲,现在却再也没有机会了。

然后,萨利给了她一个机会,让她如愿以偿可以接近一个孩子,那就是照顾小托比。只有她和他,一对一。

她不想把这些告诉审判官。她答应过萨利不告诉任何人,甚至对家人和朋友都没有提起过这个秘密。不过,这次的情况不一样。

"萨利很平易近人。她愿意听我倾诉自己的问题。"

"是你主动找的她吗?"

"不是。"她不能句句都是谎言,"我们是在一家托儿所碰到的。我喜欢去看孩子们。"

"跟我说说你的工作吧。"审判官说。

"工作?"杰茜卡重复道。

"你妈妈告诉我你为萨利工作。她说你每天都去一个地方待上很久,为她做一份特殊的工作。"

杰茜卡责备地盯着母亲。母亲也看着她,眼里只有对女儿的担心。

"我只是给萨利当保姆,仅此而已。"

"请解释一下。"审判官催促道。

"萨利去迎接新灵魂的时候,我负责照顾托比。"

"托比?"审判官慢慢地重复道。

"是一个婴孩。"杰茜卡确认道。

"萨利有个孩子叫托比。"

这不是一个问句,但杰茜卡还是回答了。

"是的。"

"我明白了。"审判官把这个消息压在心里,暂且不提。杰茜卡可以觉察到他改变了策略。"告诉我,关于婴孩的灵魂来到家园的事,你都知道些什么?"

"我知道他们一直住在托儿所,等父母来认领。"杰茜卡小心翼翼地说。这样说很安全,这一点几乎尽人皆知。

"你还知道什么?"

"我知道……"她总觉得审判官能读懂她的心思,她害怕受到牵连。对不起,萨利,她心想。"我知道,只有父母来接他们,他们才能长大。在此之前,他们会一直处于夭折时的年龄。"

这是什么严禁透露的秘密吗?杰茜卡不清楚。然而,从父母脸上惊讶的表情和洛琳的轻微喘息中,她可以看出这并非常识。

"谢谢。"审判官说,"知道这些足够了。"他向房间中央走了两步,目光扫视着他们四个人,"灵魂不能了解这样的事。你们不可以知道。"他盯着杰茜卡,目光十分锐利,"你不可以再去看望婴儿托比和司官萨利。你会把你们的友谊忘得一干二净。"

审判官举起双臂。

"什么?"杰茜卡结结巴巴地说,"这不公平。我……"

时间停顿了一下。一道白光闪过,杰茜卡僵住了,她的脑海里一片空白,感觉就像肾上腺素在飙升。

过了一会儿,房间又恢复了正常。杰茜卡困惑地眨了眨眼睛。她看了看坐在桌旁的父母,又看了看身后站在门口的洛琳。她刚才在说什么来着?

"姑娘们,"母亲说,"我都不知道你们今天要来。又到游戏之夜了吗?"

"不是。"杰茜卡慢慢地回答,迷雾散开了,但她的脑海里没有出现她们来父母家的理由,"我们只是……想来看看你们。"

母亲露出了灿烂的微笑:"真好。来,坐下吧。给我讲讲你们在忙什么。洛琳,我想多听听那个男孩的事!"

"男孩?"父亲咕哝了一声,从恍惚中回过神来,皱起了眉头,"什么男孩?"

"爸爸,你会喜欢他的。"洛琳保证道,她坐在母亲旁边,开心地笑着,"他很有礼貌,还很帅气。"这话是对母亲说的,说这话时她还眨了眨眼睛。

"杰茜卡,"母亲皱着眉头对她说,"过来我们这里吧。你还好吗?你一直在走神。"

"我……很好。我很好,妈妈。"杰茜卡摇了摇头,清理了一下蜘蛛网般缠结在一起的思绪,在桌边剩下的椅子上坐了下来,听洛琳滔滔不绝地谈论自己的新男友。

杰茜卡心想,很快公寓里就将只剩她一个人了。所以,她才会感到这么悲伤。

第五章

伊莱恩是个话匣子。穿过山谷的一路上,迪伦已经听灵魂将她短暂一生里的所有经历都讲述了一遍。迪伦原本就已经掌握了这些信息,毕竟每个摆渡人都是如此,以方便引导和安慰灵魂。但是,听伊莱恩亲口讲还是很有趣的。迪伦先前得知的只是一个个事实,就像在日历上标记出了所有重要的事件。从母亲的早逝到在学校遭受的欺凌,伊莱恩的讲述就像是把这一切变成了一本日记,给这个年轻女人身上发生的每件事都注入了思想和情感。祖母是个反复无常的人,虽然爱她,但也讨厌依赖她的帮助。她甚至还讲起了自己喜欢听什么音乐,喜欢看什么电视节目。

这一切加在一起,便描绘出了一个完整的人。

尽管如此,她们的进展还是很慢,而且,迪伦已经开始有所感觉。她的大脑深处出现了一种瘙痒感,告诉她要加快速度,把工作做完。然后好去接下一个灵魂,再一个灵魂。她不清楚这股压力从何而来,只知道必须服从。是时候加快节奏了。

然而,前方横亘着一个障碍。着急是没有用的。

障碍便是那片湖。

太阳升起来了,迪伦把伊莱恩叫起来赶路,还保证今天虽然启程很早,但一路上会走得很轻松。

"快到了吗?"伊莱恩问道,她们走了还不到两英里,尚未抵达第一座山丘的山顶。

这个问题她已经问过十几次了。头几次问是出于害怕,灵魂显然也不确定自己是否愿意得到肯定的答案。经过了连日的艰苦跋涉,再问这个问题,就多了几分不耐烦的意味。而伊莱恩已经准备好抵达终点了。

这很好。

但首先……

"快了。"迪伦说,"继续走。到了这座山的山顶,有好东西看。"

伊莱恩立刻加快了速度。迪伦别开脸,免得灵魂看到她唇边的微笑。作为摆渡人,她最享受的便是去了解她被分配到的每个灵魂。他们喜欢什么,讨厌什么,什么事能激发他们的积极性。

伊莱恩则喜欢惊喜。

"啊！"灵魂俯视着在晨曦中闪闪发光的广阔湖面，感叹道，"啊，太美了！"

迪伦也来到山顶。她们肩并肩地站着，望着下方的湖面。这是一个风和日丽的日子，湖面上连一丝涟漪都没有，湖水倒映着点缀着朵朵白云的蓝天。

"你答应过今天少走路的，"伊莱恩说，声音里夹杂着些许指责，"要花很长时间才能绕过去。"

"我们不是要绕过去，"迪伦纠正道，"我们要从湖面上过去。"

她开始朝下面的水边走去，由于是下坡，她的脚步快得多。附近有一座小船棚，但她没有理会，只是嘎吱嘎吱地走过鹅卵石，一直走到水轻轻拍打石块的地方。湖水清澈无比，湖底的每一个细节尽收眼底：光滑的沙子里混着鹅卵石，还点缀着水草。她蹲在地上，伸手舀了一把水，让水珠从手指间滑落。

水很冰，她的前臂突然起了一层鸡皮疙瘩，以示抗议。

她身后的鹅卵石发出嘎啦嘎啦的响声，告诉她伊莱恩赶上来了，已经到了水边。

"真漂亮。"伊莱恩评论道，"可我们怎么过去？游过去？"最后一句是笑着问的。

"有些人确实是那么过去的。"迪伦说着站起来，用裤腿擦干手，"但是有一条小船。我们可以划过去。"

"我不想游泳。"伊莱恩立即说。

"没关系。"迪伦朝她笑了笑,"不过……"

"不过?"

"我建议你下水游一会儿。这是个……象征。是清洗。这是荒原的最后一段了,过去就是家园了。去湖水里泡一泡,标志着一种全新的开始。抛开你过去肉体里的想法,摒弃过去的限制,拥抱全新的自己。但你不必非得这么做。"她看到伊莱恩脸上的不确定,便又说道。

"不。"灵魂回答,尽管这个词说出来时有点哽咽,"我明白了。湖水……很冷吗?"

她走上前,把一只手伸进水里。她的眼睛立即瞪得老大,手指迅速抽了出来,用另一只手紧紧攥着,以抵御寒冷。

"白天会变暖的。"迪伦保证道,"而且,你不必在水里待很久。"

"我有个朋友很喜欢游野泳。她总是没完没了地说那有多刺激。她还发誓总有一天会说动我也去游,我说除非我死了。"她轻轻地哼了一声,"想必现在是时候了。"

迪伦把目光移开,给伊莱恩一点私人空间。这个灵魂已经接受了自己的命运,她是那么隐忍,并没掉多少眼泪。然而,接受所失去的一切,比如抱负、梦想、孕育自己孩子的机会,却是一个缓慢的过程。在湖里泡一泡不可能实现这一点,但根据迪伦的经历,这么做确实能让灵魂拥有一种重新开始的感觉,就如同揭开了一个新的篇章。

她也很喜欢听他们在冰冷的水中冻得尖叫。

"我去把船弄过来。"迪伦说。

她留下伊莱恩独自站在湖边，凝视着广阔的湖水。船棚很小，里面只有一艘船：那是一艘小划艇。把小船从棚子里拖出来颇费了一番周折，但小船一滑入浅滩，就变得很服帖，只需轻轻一推就能平稳地滑行。用来划船的两把桨都挂在钩子上等待着。

"准备好了吗？"她问伊莱恩。

伊莱恩看起来犹豫不决，似乎并不想爬到船上去，但她还是脱下鞋袜，跳进了浅滩。被冷水一激，她忍不住瑟瑟发抖。

"你还说水会变暖，我可不相信。"

"我是说过会变暖。"迪伦笑着说，"但我可没说什么东西会变暖。"

"哈。"伊莱恩把鞋袜扔进小划艇，自己也爬了进去。船被她一压便摇晃起来，她失去了平衡。迪伦赶忙抓住船边，防止船一个侧翻，让灵魂脸朝下栽在浅滩里。

伊莱恩一坐稳，迪伦也上了船。她使劲儿把桨扭到合适的位置，划了起来，先把船调转到正确的方向，然后驶入了深水区。

"你一定很讨厌这一段。"伊莱恩看着迪伦费力地操纵船桨，说道。

"什么？"

"穿湖而过这一段。你看起来划得很辛苦。"

"啊,我明白了。事实上我很喜欢。在水上的感觉棒极了。划船也不算太糟。水很乖,会帮我移动小船。也许在人间不是这样。"

"有一次学校旅行,我试过划独木舟。可真是烦透了。我想去哪里,独木舟偏偏就不去,后来船还翻了,我怎么也出不去。防溅板把我困住了。我还以为自己要被淹死了。"

"我很抱歉。"迪伦对伊莱恩露出一抹同情的微笑,"我不知道还有这回事。当然,你不必在水里游泳。"

"没关系,我不怕。尤其是在这样的水中。湖水这么清澈,这里虽然深,但我还是能一眼看到底。"伊莱恩俯下身,凝视着湖水深处,"这里有鱼吗?"

"没有。水里空空如也,只有水草。"

此时,她们已经到了湖心。迪伦不再划桨,由着小船缓缓停下。

"这里?"伊莱恩问道,"我要从这里跳下去吗?"

"除非你愿意。你要是愿意的话,我们可以只在船里坐着。享受片刻的平静。有些人就很喜欢冥想。"

伊莱恩做了个鬼脸:"我不擅长这个。祖母常常建议我试试瑜伽之类的东西。为了哄她开心,我也试过几次。可我实在喜欢不起来。我想我就是不喜欢坐着不动。你知道的,我总觉得应该找点事做。"

"是的。"伊莱恩一直是个开朗的伙伴,迪伦也很喜欢她的陪伴,但她永远不会说伊莱恩是个安静的人。即使是现在,她也有些坐不住,她的目光投向了水面,思想则已经扎进了湖水那冰冷的怀抱。

"那你也下去游吗?"伊莱恩问道。

"我待在船上。"迪伦答,"要是刮风,有时会把船吹跑的。这里是深水区,要回船里可不容易。我在船里把你拉上来会容易一些。"

这两种说法都是事实,却不是迪伦不想下水的真正原因。她在湖中游过很多次,很喜欢自由自在地漂浮在水面上的感觉。有那么片刻的时间,那感觉就像与她负责摆渡的灵魂断开了联系,只剩下她自己。

但最近不是这样。

虽然清澈的湖水依旧闪闪发光,但不像以前那么诱人了。当迪伦凝视着湖底时,一股不祥的感觉让她望而却步。那是一种奇怪的预感,她想不明白是怎么回事。

虽然没什么依据,但她隐约觉得,这片湖不再是一个可以让人重生的地方,也不能重新塑造灵魂了,那样的日子就快到头了。

"用不用脱衣服?"伊莱恩问道,打断了她的沉思。

"你可以脱。"迪伦说,"我的意思是,要是你想穿着也行,反正最后也会干,不过别人是看不到你的。"

她向伊莱恩解释,会有不同的摆渡人引导灵魂穿越荒原。这里是一个共享空间,不过每个灵魂都会分得一个属于他们自己的部分。只有迪伦能看到伊莱恩的形体,至少在她到达家园之前是这样。也许她不应该透露荒原里的运行模式,可从不曾有人告诉迪伦不能这么做,况且灵魂们有太多的问题。似乎只有回答这些疑问,再加以慰藉，才算公平，毕竟其他的一切都是那么模糊，那么骇人。

"好吧。"伊莱恩突然说，"好吧，我要下水了！"

她起身，双手伸向衬衫的下摆，但小船被她突然的动作弄得左摇右晃，一时间情况十分惊险，伊莱恩立即蹲了下来。

"哎呀。"她喃喃地说。

她只好蹲着脱掉衬衫和裤子，把它们整齐地叠好，放在鞋子旁边。她的手指小心翼翼地绕过船边，身体微微地向下探过船的边缘。她试着把一条腿从船边滑进水里，但眼瞅着划艇又要翻倒，她连忙尖叫着抓住了船边。

"我该怎么做？"她看着迪伦问，迪伦抓住两边船舷，试图用自己的体重来抵消伊莱恩笨拙的动作造成的摇晃。

"跳下去！"迪伦说。

"跳下去。好吧。"伊莱恩站起来，这次的动作小心多了。她端详着湖水。就在迪伦以为她要临阵退缩的时候，她猛地从船上跳了下去。湖面上顿时溅起了很大的水花，不过迪伦几乎没有注意到。她正忙着让摇晃的船身稳定下来，免得自己也一头栽进水里，和伊莱恩一起游泳。

她刚把小船控制住，就从船边探出身子，盯着水里。伊莱恩在那里，游到了水面下很深的地方。穿过流动水流的光影让迪伦产生了错觉。在叫人心跳骤停的一刹那，她似乎看到伊莱恩的灵魂躺在那里，没有活动的迹象，静止不动，但紧跟着那个灵魂猛地向上游动，浮出了水面。

她冲出水面后把头一甩,长发上冰冷的水滴像漫天雨水一样落了迪伦一身,然后,她大叫起来。

"太冷了!啊,老天,真冷。不过感觉棒极了。"

看到伊莱恩这么高兴,迪伦微微一笑,看着灵魂转而仰面浮在水上游了几下,然后面朝下,以略显笨拙的蛙泳姿势游回到了船边。

"真是太不可思议了,太兴奋了!但我的手指和脚趾都麻木了,我想我还是上去吧!"

"来吧。"迪伦伸出一只手,帮助伊莱恩撑着船边回到船上。灵魂的皮肤上布满了鸡皮疙瘩。"躺下,放松放松。晒晒太阳,一会儿就暖和了,内衣也能晒干。"

伊莱恩照做了,迪伦抓起桨,开始向对岸划去。阳光直射下来,微风徐徐,伊莱恩静静地躺着,迪伦感到心满意足。这一刻是那么宁静祥和。她对这片湖所起的奇怪预感现在看来不过是她的凭空想象。

时间过得太快了。不一会儿,船便搁浅了,船底刮擦着卵石。伊莱恩睁开眼睛,盯着迪伦,眼神似乎平静了很多,镇定了很多。不知怎的,还显得苍老了一些。

"我想你是对的。"她说,"想来这确实是我需要的。现在,我感觉自己……准备好了。我感觉自己不一样了。"

"我很高兴。"迪伦答道,"那我带你去家园吧。"

她们没有去最后一个休息点。此时还是下午早些时候，伊莱恩终于迫不及待地想看看荒原的另一边究竟是什么。这正合迪伦之意，那股压力仍在她的胸中挥之不去，毕竟这次一路上走得太久了。

从荒原到家园的过渡十分自然，灵魂完全看不出来。只有迪伦知道她们是在什么时候跨过的界限。在这一步和下一步之间，她感觉到了变化。一种温暖且舒适的感觉扑面而来，那是荒原中所没有的感觉。每当她回到荒原去接下一个灵魂，她总能感觉到那种缺失，就仿佛一种空虚感。要是有得选，她愿意做司官萨利的工作。这会儿，萨利凭空冒出来迎接她们。

但她别无选择。

萨利也一样别无选择。

也许司官萨利更愿意去穿越荒原呢。那样就可以靠近人间，与那里接触，从而摆脱家园的束缚，家园是很温暖、很舒适，却依然是一种桎梏。

"萨利。"她说。

她感觉到身边的伊莱恩吃了一惊，因而知道灵魂也看见了萨利。如果在此之前灵魂并没有发自内心地接受发生在他们身上的事，现在往往才是他们大受震惊的时刻。荒原就如同人间的翻版，只是没有生命而已：湖中没有鱼，花丛中没有昆虫嗡嗡地飞来飞去，天空中也没有飞鸟翱翔。摆渡人会让自己在灵魂眼里显得很会安慰人，很有吸引力。如果迪伦现在突然出现在人间，没有人会眨一下眼睛表示惊讶。她的样子与其他人类没什么两样。

萨利却不一样。

这位司官只是略有人形,她的形态更多还是虚无缥缈的。她周身散发着温暖的光芒,虽然拥有人的所有特征,但面容不像人。迪伦认为萨利很漂亮,但很多灵魂都非常害怕她。至少一开始是这样。这位司官是那么温柔善良,灵魂即便怕她,这种印象也不会持久。

"伊莱恩·蒙哥马利,"萨利轻声说,"欢迎你来到家园。"

伊莱恩的惊恐很快变成了好奇。萨利的声音就像她本身一样,是那么美丽,那么能安抚人心。

"跟我来吧,我带你去记录室。也许你想找找家人。"

伊莱恩脸上流露出极度渴望的神情。

"我妈妈。"她低声说,"我想见我妈妈。"

"她就在这儿。"萨利向灵魂保证,"来,我们去找她。"

萨利转过身,伸出一只胳膊,示意伊莱恩走在前面。灵魂走了几步,然后停了下来,转向迪伦。

"你愿意跟我一起去吗?"她问道。

"我可以待一会儿。"迪伦说。

伊莱恩有些紧张地对她笑了笑:"谢谢你。"

她向萨利走去,脸上多了几分自信。迪伦跟着二人穿过前面路上突然出现的一扇门,门内是记录室,里面放着很多书架和数不清的记录簿。

第六章

众位审判官到位，他们的斗篷飘动着，恰似一阵无声的旋涡。审判官们一个接一个地显形，最后紧紧地围成一个圈。他们脚下有地板，周围的墙壁之间回声不断，但这并不是荒原里的房间。这是一个临时的空间，是斯特恩创造出来的，此时，他就站在圈子的首脑位置，还有十几位审判官在场。看到他们全部出现在这里，感觉怪怪的，因为他们很少聚集在一起，但从一张脸看到另一张脸，一股强烈的手足之情在斯特恩心里升起。

审判官中并没有领袖，但这次会议是他召集的，是他在家园的一个不为人知的小角落里创造了这个空间。

等他们离开，这个房间便会坍塌，就好像不曾存在过一样。

斯特恩耐心地等待着其他审判官集结起来。他看到他们看看彼此，又看看他，因为他们很清楚是谁将他们召唤来的，但没有人问这次开会是为了什么事，为什么要如此秘密地进行。他们明白，一旦斯特恩准备好了，就将和盘托出。

作为一名审判官，斯特恩并不会受到各种情绪的困扰，进而像人类那样误入歧途，最后走向灾难般的结局。不过，他承认，他确实极为苦恼，所以才向兄弟们求助。大家会就该怎么做达成共识。

"谢谢你们能来。"他在一片寂静中说道。

一阵短暂的沉默袭来。房间里疑惑的情绪更加深重了。

"并不是所有人都来了。"托尔斯腾说。

"受到召唤的人都到了。"

斯特恩看到其他审判官接受了这一说法。不安的情绪越来越重。毕竟正常程序并非如此。

斯特恩知道兄弟们很快就会明白他的苦衷。

"发生了一件事，我很担心。"他解释说，"有个孤儿从托儿所被带走了。司官萨利不光单独抚养他，还找来一个灵魂做那孩子的保姆。"

他停下来，环视了一下众人。对这样的行为，审判官不征求他人同意是不会批准的。但如果确实是某位审判官批准的，现在就该讲出来。

没有审判官承认做过这种违反规定的行为。

并无盘问的必要。斯特恩十分肯定,这里的审判官不会撒谎,也不会试图掩盖自己的行为。

"你有什么建议?"另一位审判官列夫问道。

这是一个合情合理的问题。他不是领导,但他发现了异常,并召集了会议。因此,理应由他来解决这个棘手的问题。

"我已经解决了那个人类灵魂。"他承认,"我盘问了她,然后从她的脑海里抹去了所有与那个孩子有关的记忆,以及她和萨利交往的经历。"

"效果能持久吗?"托尔斯腾问,"你做这安排有多久了?那些记忆有多深?"

"这正是我担心的事。"斯特恩说,"但那个女孩的思想并不难控制。我有信心那些抹去的记忆不会很快恢复。不过,我将继续关注她的情况。"

其实没有这个必要。那个灵魂的思想温和柔软,在清除记忆之际,她甚至都没有反抗。但他从其他审判官那里感到了疑虑。他明白他们需要肯定的答案。

"那萨利呢?"站在斯特恩正对面的卡雷问道。

"不能把孩子留在她那里。"列夫说,"托儿所才是它该去的地方。"

"你该用'他'才对。"斯特恩纠正道,尽管这无关紧要,"那个孩子叫托比。我查了他的历史。他在家园当孤儿已经快90年了。"

一阵惊讶弥漫开来。

"这么久？他的父母都还活着？"

"他的母亲是百岁老人，那孩子死的时候，她只有17岁。父亲不知道他的存在，所以不能要回他。"

这些话只是在陈述事实，不夹杂丝毫的怜悯或同情。对斯特恩来说，这就是全部。那孩子独自在家园里待了这么久确实反常，但这样的事也不是没有发生过。他并不为他感到难过。

"萨利是个很有同情心的司官。"列夫说，"她可能是心疼那个孩子了。"

"这无关紧要。"卡雷答道，"她违反了规则。这种情况不能继续下去。"

"同意。"所有审判官异口同声道。

斯特恩点了点头："同意。必须把孩子送回托儿所。"

"那萨利的记忆呢？"伊尔萨问道。

托尔斯腾摇了摇头："我们不能抹去迎灵官的记忆。"

"你认为效果不能持久？"伊尔萨歪着头，思考着。

"这是违反规定的。不管能不能持久，都不能这么做。我们负责监督灵魂。干涉家园里其他司官的思想，并不是我们的责任。"

"我们只做必须做的事。"斯特恩说，"我会和萨利谈谈的。要让她知道她不能留下那孩子。"

"你还要告诉她，她不能再去看那孩子了。显然，他们已经形成了某种依恋关系。"

斯特恩顿了顿。托尔斯腾的问题很合理,只是他的语气听来更像是命令,而不是建议。他逾越了。

"我会的。"也许这不过是他自己的想象而已。这一点本身就叫人不安,毕竟斯特恩并不具备想象力。

"在我看来,"托尔斯腾继续说,"你完全可以自行解决这个问题,不必咨询我们,虽然我也承认,这件事确实不同寻常,从未发生过。那么,你召唤我们来的真正目的是什么?比格尔在哪儿?"

现在毋庸置疑了。托尔斯腾的声音里透着不耐烦。裂缝,到处都是裂缝。不可能只有斯特恩自己注意到了。

"我很担心比格尔。"他说,"他已经和萨利建立了……友谊。"

"友谊?"列夫重复道,他双眉紧蹙。斯特恩很清楚,这个想法叫人难以理解。他们都是没有感情的司官,不可能与他人建立友谊。但他进行过彻底的调查,不会弄错。

"我注意到他们经常见面,即便他们在家园里各司其职,见面的频率也不需要如此频繁。比格尔会给萨利……讲故事。"

"讲故事?"这次换卡雷重复了。

"他从人间收集故事,回来后讲给萨利听。"

"为什么?"卡雷的声音里透着困惑。

"为了哄她高兴。"斯特恩直言道。

"你为什么不把比格尔带到我们面前,问问他为什么这么做?"

托尔斯腾问道。

斯特恩深吸了一口气。在这一点上,他甚至怀疑自己的行为。"我担心他会撒谎。"

众审判官思考起来,都没有作声。

"你有什么证据?"一直保持沉默的阿尔恩开口了。

"没有。"斯特恩承认,"但他的行为已经困扰我一段时间了。我不知道该如何处理。"

"在我看来,一定要遵照规则来处理这件事。"托尔斯腾说,"你刚一开始担心,就该召集我们开会,并把你的担心告诉比格尔。"

"现在就把他召唤来吧。"列夫建议道。

"不要。"斯特恩赶紧说。他立即感觉到了其他审判官的不安,于是补充道,"我感觉这么办不合适。"

"你不应该凭感觉。"托尔斯腾慢慢地重复着。

"这是直觉。"斯特恩说,"我更愿意亲自和比格尔谈谈。就我和他单独谈。"

托尔斯腾端详着他好一会儿。

"好吧。"他最后说,"这件事就交给你,你用你觉得合适的方式来处理。"

"谢谢。"斯特恩答。

没有其他事可谈,于是会议到此结束。审判官们一个接一个地消失,只剩下托尔斯腾和斯特恩。两个人注视着彼此,然后,托尔斯腾缓缓地点了点头，也消失了。

斯特恩呼出一口气，他意识到自己很紧张。在整个会议期间，他一直处在紧绷的状态。不该是这样的。家园里正在发生变化，不可能只有他注意到。

他摇着头，闭上眼睛，感受着比格尔所在的位置。这件事越早解决越好。他轻轻地离开房间，这片小小的地方随即坍塌殆尽，仿佛从来没有存在过一样。

第七章

比格尔矗立在荒原中,注视着湖面上的灵魂。今天真是个繁忙的日子,通常光滑如镜的水面上挤满了一艘艘小船和一个个身体。作为一名审判官,比格尔不光能看到荒原的真实景象,在这个时候,灵魂和摆渡人不过是光影而已,此外他还能看到荒原的幻境,新来的灵魂的面孔一一呈现在他的眼前。如果他把注意力集中在其中一个身上,他也能看到他们眼里的荒原。

结果,不同的景象在眼前闪过,让他感觉头昏脑涨。但是,他也看到有大量的灵魂涌入。这是一个缓慢而渐进的过程,却是一个不争的事实。人类以惊人的速度繁衍。在过去的100年里,全球人口增加了两倍。虽然家园有能力以指数式扩张,但比格尔还是很担心。人多了，就意味着问题也将随之增多，因为灵魂不能和平共处。危机很快就将爆发。比格尔对此无能为力，但他是一名审判官，处理危机的责任最后还是会落到他身上。

他叹了口气，看着一个摆渡人小心翼翼地让一个蹒跚学步的孩子把脚趾伸进湖里。那孩子尖叫一声，猛地缩起脚趾，把腿从冰冷的水中高高抬起，然后兴致勃勃地拍着摆渡人的胳膊，让他再做一次。这孩子很可能会被送去托儿所，等待父母来接他。幸运的是，托儿所里并没有人满为患。人间在科技和医学上实现了进步，至少让穿越荒原的幼儿灵魂少了很多。

身后忽然有动静，他浑身一僵，但目光仍然注视着那个正在玩耍的孩子。

"斯特恩。"他说。

"比格尔。"斯特恩向前走去，最后他们肩并肩地站在一起，凝视着湖面。

"你怎么会来荒原？有什么任务？"比格尔问道。

"我是来和你谈谈的。"

斯特恩的语气让比格尔顿时紧张起来。另一位审判官似乎很焦急，也很慎重。

"好吧。"他停顿了一下，"要不要创造一个私人空间，我们在里面谈？"

"我有时也喜欢来这里。"斯特恩说，没有理会这个问题，"这片湖很宁静,但我现在并没有看到宁静。数字还在不断增长,这让我很担心。"

"家园欢迎所有人。"比格尔答道,尽管他刚才也在担心同样的事。

"这是当然。"斯特恩平静地表示同意。

"这就是你想讨论的问题吗?"比格尔问道。

"并不是。"斯特恩摇了摇头,"我要和你谈的事……很微妙。"

但他不想去私人空间谈,比格尔转身盯着斯特恩。他同为审判官的伙伴不安地挪动了一下身子。

"怎么了?"

"我想和你谈谈司官萨利的事。"

比格尔感到肾上腺素像冰一样在血管里涌动,这是他以前从未有过的反应。他震惊不已,把双手攥成拳头,试图控制住自己。

"萨利怎么了?"

"我最近发现了一件事很令人不安,而这件事和她有关。"

"怎么令人不安?"比格尔向斯特恩提出了这个问题,就像从枪里射出的子弹一样。粗鲁,不可原谅,但比格尔觉得自己像是在坠落。他无法让自己展现出一贯的沉着冷静。

斯特恩用敏锐的目光盯着他。比格尔忽然意识到,事情并非只和萨利有关。

也与他有关。

自由落体的感觉加剧了,但比格尔努力不让这种感觉在脸上表现出来。

"萨利从托儿所带走了一个孩子,还把那个孩子单独留在她住所的一个空间里。"

比格尔还是第一次听说这个消息。他皱起眉头,感到困惑不解。

"萨利把一个孩子带回了家?为什么?是不是有特殊的情况?是那个孩子的生日吗?"

他觉得这是萨利会做的事。这位司官很善良,天生就比其他迎灵官更富同情心。她经常对比格尔说她为孩子们感到难过,虽然比格尔说孩子们很安全,住在温暖的环境里,被照顾得很好,所要做的只是等待而已,可她还是极为沮丧。

"你误解了,"斯特恩说,"那个孩子和萨利住在一起。"

"什么?"比格尔太震惊了,以至于没有注意到斯特恩松了一口气的表情,"不可能!"

"这一点确定无疑。她还找了一个灵魂在她出去工作期间照顾那个孩子。"

"这种情况持续多久了?"

"很久了。"

比格尔难以置信地摇了摇头。斯特恩是那么有把握,所以不会有错。他简直不敢相信自己的朋友会做出这样的事,甚至还一直瞒着他。

"我原本还以为萨利会把心里的秘密告诉你？"斯特恩道出了心里的想法。

啊。他刚才的感觉原来是这么回事。原来斯特恩怀疑他早就知道萨利的行为，不仅没有通知其他审判官，还加以纵容，甚至帮着萨利保守秘密。

斯特恩的不信任简直就是背叛。他没做过任何事值得别人怀疑他罔顾自身的职责。但与萨利的背叛相比，这种冒犯根本不算什么。司官萨利居然没有向他吐露秘密。他原本以为他们俩是朋友。

他突然意识到，萨利伤害了他的感情。

而他不应该有感情这个事实，则无关紧要。

这是一种非常不愉快的感觉，就像有把匕首刺进了他的胸膛。他试图深吸一口气来缓解心中的压力，但无济于事。于是他吞了吞口水，也没能成功地将那种感觉压下去。它一直堵在那里，就像一个坚硬的肿块很不舒服地卡在胸腔之中，宣示着自己的存在。

比格尔试图忽略这种感觉，转而把注意力都放在斯特恩身上，而他还在等着比格尔确认他问题的答案。

"我并不知道这件事。"比格尔说，"否则我不会纵容这种行为的。这是违反规定的。萨利为什么要这么做？那个孩子有什么特别吗？"

"情况很特别。"斯特恩说，"那个孩子一直在等他的母亲。她在很年轻时便生下了他，而且寿命超出常人。他已经在托儿所待了快 90 年了。"

是的,这就解释得通了。一想到一个孩子等了这么久,看着其他孩子来了又走,纳闷自己为什么一直待在那里,无人认领,萨利柔软的心就会流血。相比被母亲认走后得享的永恒,这几十年根本不算什么,但萨利并不会这么认为。她拥有丰富的情感,这虽然必不可少,有助于她同情每天来到家园的灵魂,却常常使她对客观事实视而不见。

"那个孩子已经被送回托儿所了吗?"比格尔问道。

"我接下来就去做。"

比格尔皱起了眉头:"你不去解决问题,却先来找我谈。你怀疑我是同谋?"

"我希望在采取行动之前确保掌握了所有事实。"斯特恩纠正道。

"我做了什么事,让你觉得我也有份参与,甚至是知道这种有违规定的行为?"

斯特恩不安地动了动:"我知道你和萨利说过话。"

"我和所有迎灵官都说过话,这是我工作的一部分。我也和摆渡人说话,还和无数的灵魂说过话。"

"你和萨利的接触超出了你的职责范围。"

比格尔愣住了。斯特恩一直在严密监视他?为什么?

"没有哪条规矩禁止谈话。"

"是没有。"斯特恩表示同意,"只是这太……非同一般了。除了履行职责,你还有什么理由要跟她说话?"

"萨利很喜欢人间的故事。"比格尔承认。他不喜欢透露他们的私人谈话，但必须消除斯特恩的怀疑。

"你为什么要满足她的这个喜好？"

"这能让她开心。"比格尔疑惑地回答。

"你们是朋友。"

"审判官没有朋友。"这种反应已经根深蒂固，但比格尔在说这话时就知道这是个谎言。

斯特恩没有追问。他只是扭过头继续望着湖泊，看着所有的灵魂大呼小叫着过湖。

"有些东西正在改变，你感觉到了吗？"

从表面看来，话题似乎突然转变了，但比格尔明白其中的联系。

"是的。"他说。

斯特恩若有所思地点了点头，但他没有继续讨论这个话题。

"要告诉萨利，不能再和那个孩子接触了。"

"这件事交给我来办吧。"比格尔说。萨利会生气的。这个消息最好由比格尔来宣布，因为他非常了解萨利，知道如何传达最好。而且，他不妨向自己承认一点，那就是他能在事后安慰萨利。

然而，斯特恩有其他想法。

"不。"他说，"这个情况是我发现的，所以应该由我来解决。我会去通知萨利的。我觉得……我觉得你与萨利之间的关系，最好恢复到常态。你应该从这件事中抽离出来。"

这是一个警告。是审判官给审判官的警告。比格尔相信,斯特恩这么做也是为了他好,但怨恨依然在他心中像是沸腾了一般。他小心翼翼,没有在脸上表现出来。

"你必须做你认为最好的事。"他说。

斯特恩轻轻地点了点头,便消失了。比格尔在原地待了很长一段时间,看着那些灵魂,看着水面。

是的,改变即将到来。

第八章

下雨了。荒原里不常下雨,但今晚的天空乌云密布,倾盆大雨从天而降。迪伦和她最新负责摆渡的灵魂在一个休息点避雨。在这个灵魂的荒原里,所谓的休息点是一辆拖车,陈设简陋,但车顶完好无损,大多数窗户仍有玻璃。一阵微风从敞开的门吹进来,弗兰,也就是迪伦负责摆渡的年轻女人打了个寒战。

"对不起,"迪伦说,"我可以在外面生火,但要等到雨停了。"

"木头都被淋湿了。"弗兰回答,她的牙齿直打战。

"那不成问题。"迪伦保证道。

"是摆渡人的技能?"弗兰问道。

"是的。"

灵魂哼了一声："可惜你不能让雨停下来。"

"但你可以让雨停下来。"

"什么？"

"荒原的天气与你的情绪息息相关。之所以会下雨，是因为你难过。"

"我当然难过。"弗兰反驳道，看起来凶巴巴的，"我才24岁，就因为有个浑蛋决定在加油站开枪，我就死了。我以前从没去过那个加油站！要不是我常去的加油站关门补充燃料，我甚至都不会去那里。我本来不该出现在那里的！"

雨下得更大了。

"我明白。"迪伦平静地说。

"这不公平！"

"是的，的确不公平。"命运确实不公平，但不知何故，她所摆渡的大多数灵魂都觉得命运应该公平才对。迪伦心想：好吧，他们会发现家园更合他们的口味。

那摆渡人的命运公平吗？从来没有人问过她这个问题，迪伦也尽量不去问自己。

"我就快订婚了，你知道吗？"

她知道。当她被派去摆渡弗兰穿过荒原的时候，她就已经拿到了灵魂的信息，其中也包括订婚的事。然而，弗兰并不是真的在问。迪伦坐了下来，准备履行摆渡人最重要的职责——倾听。

"他还没有开口……我是说我的未婚夫达伦……但我找到了戒指。"弗兰做了个鬼脸,"我打探了一番。好吧,其实我是去找他出轨的证据的,因为他的行为举止有点古怪,但我发现了一个盒子,里面有枚戒指。那枚戒指很漂亮,正是我想要的那种。白金的指环上镶嵌着一圈小小的蓝宝石和一颗大钻石。他肯定花了不少钱。我找到戒指时还发现了一张纸,上面写着他要对我爸爸说的话,跟一小篇演讲稿似的。他是要征得我爸爸的同意。"弗兰哽咽起来,她擦了擦眼睛。"我本来都要结婚了!"

迪伦强忍着没有反驳。她还知道弗兰一直背着未婚夫和另一个男人约会,事实上,她是在离开那个男人家的路上去了加油站,结果遭遇了意外而丧命的。

弗兰用双手环抱着自己,身体前倾,上半身紧贴着膝盖。她浑身起满了鸡皮疙瘩,她还在发抖。

"我看看能不能找几件干衣服。"迪伦说着爬起来,朝拖车后面走去。她在一个旧梳妆台里翻找了一番,可找到的破烂衣服没有一件能穿。她发现单人床上有一条毯子,上面有一些虫蛀的窟窿,可好在又厚又软。她把毯子拖回前面,弗兰正坐在那里,盯着外面的雨。

"给你。"她说,把毯子包在弗兰的肩膀上。

"谢谢。"弗兰喃喃地说。

她们默默地坐了一会儿,沉思着,弗兰拨弄着湿透的鞋带结。最后,灵魂开口了。

"那么，我们要去的地方是家园？"

"是的。"迪伦证实道，"还要走上几天才到。"

"你说我能在那儿找到一些人？比如说家人？"

"是的。已经故去的人都会在那里等你。到了之后，会有一位迎灵官带你去一个叫记录室的地方。在那里你可以找到任何你想找的人。"

短暂的沉默过后，弗兰轻轻地说："那些我不想见的人呢？"

"你不需要见任何你不想见的人。"迪伦承诺道。

"可是……可是他们能找到我吗？他们能到记录室找我吗？"

"你指的是你叔叔？"

"什么？"弗兰吃惊地看着迪伦。

"你是怕那个人找到你吗？"

她不该透露自己了解灵魂的事，除非他们自己亲口说出来。但迪伦并非毫无同情心。她几乎立刻就知道弗兰害怕谁找到自己，以及其中的原因。而且，由于迪伦已经知道，灵魂就不必强忍心痛去解释了。

过了一会儿，弗兰点了点头。

"家园里有……保护措施。可以保护所有人的安全。"

"我们在那儿会受伤吗？我认为……我是说我已经死了，不可能再死一次了吧。"

"灵魂不会死亡。"迪伦证实道，"但你仍然会受伤。精神上的痛苦有时比身体上的更糟糕。"

"是的。"弗兰平静地表示同意，"是什么样的保护措施？"

迪伦犹豫起来，一边是约束她的规则，另一边是弗兰的恐惧，她觉得左右为难。

她对灵魂的责任占了上风。

"这里有审判官。他们就像……嗯，就像警察。他们的工作是确保灵魂和平共处。但还有其他保障措施。我不能全部告诉你，但你可以指出不允许哪些灵魂接近你。那样的话，他们就不能从大门去找你了。"

"大门？"

迪伦皱起了眉头："这很难说得清。你的迎灵官会给你一个更好的解释。总的来说，家园里的灵魂就是通过大门到各处去的。那些门是通道。"

"我能阻止别人利用这些门来接近我吗？"

"是的。"

"如果他们派别人来怎么办？比如找个朋友去执行他们的命令？"

"那么……审判官就会介入。"

"但那就太迟了，不是吗？伤害已经造成了。"

迪伦微微耸了耸肩，不知道该说什么。"你应该跟你的迎灵官谈谈你的顾虑。"她终于提议道，"在这些事情上帮助你是他们的工作。"

弗兰皱了皱鼻子，显然并不满意。"好吧。我会的。"她突然冷笑一声，"我从小到大所受的教育都是要相信天堂和地狱。奶奶经常说我需要做这个、做那个，否则我就会和魔鬼面对面，到时候我就追悔莫及了。但事实并非如此，对吧？没有人评判谁该下地狱。你们接收了所有人。家园就是人间的翻版。"

"在家园，你不必担心饥饿或疾病。"迪伦说，"在那里你永远有栖身之所，不需要每天为了养活自己而忙忙碌碌。你可以在那里过你想要的任何生活。"

弗兰没有理会她的话。

"我原以为来世是一个安全的地方，但事实并非如此，不是吗？人间其实并不差，是人把事情搞砸了。你们的家园里到处都是人。贪婪、愤怒、自私、嫉妒的人。"她转过头，怒视着迪伦，"你难道就没想过，你负责摆渡的灵魂其实并没有资格去那里？杀人犯、强奸犯、独裁者，还有骗子。根本就没有测试，对吧？难道就没有一些灵魂，你会觉得他们直接消失更好？"

"事情不是这样的。"迪伦摇着头说。

"那应该是什么样的？"弗兰问道，"每个人都能拥有来世，还是必须自己去争取？"

"我不知道。"迪伦答道。她想过这个问题，还思考过很多次，只是她没有资格评价，当然也不能当着灵魂的面评价。"那该由谁来决定呢？"

"我们在人间有法官，他们把犯人送进监狱。在一些地方，法官还可以判处死刑。"

"你们的法官，会搞错吗？"

"不常！"弗兰心存戒备地说，然后她叹了口气，"嗯，我真的不知道。但我很确定他们不会。"

"那假设有人在人间犯了罪……"

"你是这么说的吗？人间？"

"是的。假设有人在那里犯了罪，进了监狱，死前获得了释放。他们算不算已经为自己的罪行付出了代价？还是说，他们应该在来世再次受到惩罚？在决定谁可以进入来世时，决策者应该考虑这个因素吗？"

"我……我不知道。"

"他们歉疚与否重要吗？决策者是不是应该考虑犯人有没有后悔？"

"决策者不可能知道你的感受。他们又不是灵媒。"

"在人间是不能。"迪伦指出，"那么，对那些不能进入来世的灵魂，你会把他们送到哪里去？"

"我会让他们消失。噗。蒸发。"

"生命不是这样的。"迪伦平静地说，"火花一旦点燃，就无法熄灭了。"

"那我就不知道了。"弗兰气哼哼地说。

"我并不是要反驳你。"迪伦说，"我只是没有答案。"

"现在这样就是不对。"

"我不确定对与错是否重要，反正现实就是如此。"

"一定有人在做决定。"

也许吧。但迪伦不知道是谁。有些问题没有答案,还有些问题最好不要问。

"也许只是需要有人来改变一下。"弗兰建议道。

"从不曾出现过变化,从开始到现在从未有过。"

"你在这儿待了那么久了吗?"弗兰惊讶地睁大了眼睛。

"那倒不是,以前摆渡人很少。可随着人间人口的增长,我们这样的人就越来越多了。"

"这就是变化。"弗兰指出。她对迪伦苦笑了一下,"不管你愿不愿意,改变都会发生。"

"雨停了。"迪伦说,"要不要我生堆火?"

她忽然感觉有必要换个话题。有一点令人不安:她不太确定这是自己的意愿,还是另一股影响力施加给她的。她瞥了一眼外面的黑暗,担心审判官会突然出现,责备她不该让谈话进展到此等危险的地步。她很少与审判官接触,他们让她感到恐惧。

"不用了。"弗兰答,"我很好。我想……我想我只是希望一个人待一会儿,可以吗?"

"我去外面。"迪伦说,"但我不会走远,就在你喊一声便能听得到的地方。所以,要是你有事找我,喊一声就行了。"

弗兰点头表示明白:"谢谢。"

她坐在地板上,身子有些发僵。迪伦站起来,轻轻地走出了拖车。

雨水带走了空气中的暖意,一阵凉风拂过她的脸颊。她的衣服还有点湿,穿着很不舒服,但这不会给她造成任何伤害。

她和弗兰一样,也需要独处一会儿。

她们的谈话让她有些惊慌,原因有二。第一,她知道自己说得太多了。第二,她认同弗兰说的很多话。然而,最让她忐忑的是弗兰最后的那句话:不管你愿不愿意,改变都会发生。

迪伦也感觉到了改变即将来临。

然而,是什么改变,什么时候改变,为什么要改变,这些都是谜。

"你还好吗?"从她左边的黑暗中传来一个声音。

迪伦知道那个摆渡人在那里,但没有与他打招呼,因为他和他的灵魂在一起。此时,那团小小的光球,也就是他指引的那个人正在不远处飘着。她现在看到那是个老人。

摆渡人和摆渡人不常说话。他们的责任是与自己负责摆渡的灵魂说话。但不时会有这样的机会出现。

"崔斯坦。"迪伦平静地回答。

"你看起来很激动。"崔斯坦道。

迪伦点点头承认了。她应该回去找自己的灵魂,把谈话引向快乐的童年回忆或最喜欢的食物。反正就是一些安全而空洞的话题。然而,她发现自己的嘴自动张开了。

"你有没有想过那些灵魂是否有资格?"

"有资格做什么?"

"继续存在。"

崔斯坦想了一会儿,然后耸了耸肩:"我怎么想其实不重要。他们是生命,而生命一旦被创造出来就不会消亡。"

"可是,是否应该允许他们全部进入家园?是否应该引领他们所有人穿越荒原?"

崔斯坦歪着脑袋思索着她的话。他脸上留着浓密的胡子,但他的眼睛属于她认识的那个摆渡人。

"你会只引导那些有资格的人吗?"

"也许吧。"

"那其他的人呢?你就任由其他人,也就是那些坏人在荒原里游荡?不受监督,无人守护,也不受约束?"

"可是,他们能做什么呢?"迪伦说。

"我不知道,但变化是不可避免的。"

迪伦愣住了:"我的灵魂也说了类似的话。她说改变必然会发生。"

"确实如此。"崔斯坦表示同意。

"你也感觉到了吗?"迪伦低声说,"你有没有……"

"我得走了。"崔斯坦前一秒还在,下一秒就不见了。迪伦能看见他正走向他的灵魂。她没有不满,那是他们的职责。

她回拖车找弗兰,心里仍然不安。如果她的直觉是对的,那么荒原即将发生变化。这对她来说其实并不重要。她的工作还是一样,还是要摆渡灵魂。她所需要做的就是集中精力履行自己的职责。

第九章

有人敲门。萨利正坐在地板上和托比一起搭积木,她抬起头,盯着育儿室的门。

除了杰茜卡,没人知道这个地方。

一阵莫名的恐惧攫住了这位司官。她很想一把抱起托比拔腿就跑,不去理会敲门声。敲门声又响起来了,这次更大了一些。就在她把孩子抱在怀里,准备从地上站起来的时候,她忽然意识到自己这么做纯属徒劳。

他们能去哪里?

他们能怎么做?

审判官们能感觉到家园里的每一个存在,他们马上就会被发现。

"你太不理智了。"她嘟囔道。

况且她甚至都不知道来的是谁。也许……也许来人没有恶意。

萨利让托比坐到一边,自己站起来盯着房门,尽量说服自己相信这种可能性,但她很清楚真相如何。空气中弥漫着一种沉重的终结感。看来他们是被发现了。

紧张感蔓延到萨利的全身,她打开了门。斯特恩站在门外,他神情冷漠严肃。他向来都是这副样子,只是今天再一次让萨利深受震撼。此外,斯特恩看起来是那么坚决。无论他来这里做什么,显然都已经下定了决心。

不过,没有必要一上来就摆出敌对的姿态。

"斯特恩。"萨利说着,点头表示欢迎。

"萨利。"斯特恩回答。他想走进房间,但萨利没有让开路。斯特恩停下,眉头皱了起来:"请让开,我要进去。"

"为什么?"

"萨利……"

萨利只好让步,闪身到一边,斯特恩向育儿室走了三步,他的靴子踩在锃亮的木地板上发出清脆的响声。托比本来拿着两块积木互相敲击,此时他停下来,抬头望着斯特恩,还微笑着向审判官挥了挥其中一块积木,接着一甩手,把那块积木朝斯特恩扔了出去。积木没飞出多远,它滚过地毯,落在木地板上,最后停在斯特恩的靴子边上。审判官弯下腰捡起那块积木。那东西被他的大拳头攥在手心里,仿佛消失了一般。

"你是怎么知道的?"萨利问。

很明显,斯特恩这次来,已经知道会在这里找到什么。审判官的脸上没有惊讶,只有冷酷和坚决。

"你动不动就失踪。你应该料到会有人注意到。"

"有人跟踪我?"

"那倒没有。他们只是很担心,于是来问我是怎么回事。他们遵循了协议。"斯特恩尖锐地看了萨利一眼。

"是谁?"

斯特恩摇了摇头:"不,萨利。知道这件事,对你有什么好处?"

萨利很沮丧,脑子里列出了一份可能是叛徒的名单。有谁会不找她谈,反而先去找审判官?得知并不是杰茜卡出卖了她,她不由得松了一口气。

可能是他们中的任何一个,萨利心想。谁都有可能。而且,他们甚至不会认为这是背叛。他们不会明白自己其实背叛了朋友。他们只是在遵守规则,做应该做的事。

他们的生活里只有该做和不该做。没有对与错。

也许萨利才是出问题的那个。她脱离了主司的控制,脱离了程序的限制。她的脑子里闪过几个人类的成语。即便如此,萨利也不在乎。她将托比带离托儿所,给了托比另一种生活,给他应得的关注和爱,她自己也在其中感受到快乐,哪怕因此犯了错,也是值得的。

即使即将到来的是心碎,也值得。

"现在要怎么办?"萨利问道。

她站在斯特恩和托比之间,好像准备保护孩子不受审判官的伤害。然而,她不会,也没有能力阻止斯特恩带走托比。她的防御姿态不过是为人父母的本能反应。即使她只是暂时照顾托比,她也觉得自己是他的母亲。毕竟托比没有别人了。

"孩子不能留在这里。"斯特恩轻声说,他的语气像是夹杂着同情,却不容置喙,"他应该待在托儿所里。我要把他送回去。"

"我会送他回去。"萨利立即说。只要能多拖一点时间,她什么都愿意做。

"不行。"斯特恩摇了摇头。

"你不信任我?"这个问题自发地从萨利的嘴里钻了出来。

斯特恩扬起一侧的眉毛,萨利感到自己羞愧得满脸通红。她很清楚,在这件事上,自己的行为并不值得信赖。

"我会听从你的决定。"她告诉斯特恩,"我不会再把托比从托儿所里带出来了。"

"会有人看着那孩子。"

这是一个警告,萨利听了不由得火冒三丈。她刚刚不是已经做出承诺了吗?

"他叫托比。"

萨利很恼火,不喜欢斯特恩称托比为"那孩子"。他有名字,他是一个人。

斯特恩冷冷地看着萨利，他接下来的话，更是令对方大吃一惊。

"要不要道个别？"

萨利的喉咙哽住了，泪水刺痛了她的眼睛。她吸了一口气，感到肺部在抗拒，她的胸口发紧，感觉是那么痛苦，那么无奈。她意识到这种情绪就是悲伤。这的确是悲伤。她见识过无数次了，以为自己很了解个中滋味。现在有了亲身体会，她才意识到自己以前根本就不懂。

她把托比抱在怀里，托比一点也不紧张，还用剩下的一块积木敲她的下巴。他咿咿呀呀地说着什么，虽然只是一些毫无意义的音节，却让萨利心里的悲伤越发泛滥。她紧紧地抱着托比，把脸埋在他的头发里。

一个可怕的念头出现在她的脑海里。

"我还能去看托比，对吧？"

过了一会儿，斯特恩才回答，只是萨利在他开始摇头之前就已经知道他要说什么了。

"不行。"

"但是我可以去所有的托儿所！"

"托比的妈妈来接他之前，你不能去他所在的托儿所。"

"斯特恩……"

"这是我的决定。"

"我可以……我可以去看看他吗？我不进去，但我可以看看他的房间吗？就只是看看他，看看他好不好？"

"不行，萨利。你不能再接触那孩子。你必须忘掉他。"

"求你了，斯特恩！"

斯特恩走近几步，萨利知道他要带走托比了。她的手臂不由自主地把托比搂得更紧一些。

"你知道你的逾矩行为有多么严重吗？我已经尽量宽大处理了。我本来可以修正你的思想，抹去你的记忆。不会有人质疑我的。但我还是允许你保留你和那孩子在一起的记忆……"

"他叫托比。"萨利固执地重复道。

"但如果你不能遵守这些规则，那么我将被迫采取更严厉的措施。别逼我这么做。"

他肯定说到做到，萨利很清楚这一点。到时候她将一无所有，甚至都不记得托比身上的气味和他那双明亮聪颖的眼睛，甚至还将忘记他的微笑。每当他看到萨利，他的脸上就会露出笑容。

要么拥有回忆，要么什么都没有。

根本没有选择的余地，萨利却仍然不能表示同意。这感觉就像碎玻璃卡在喉咙里。

斯特恩表现出的同情和敏锐都大大超乎了萨利的预料，他走上前，小心翼翼地从萨利怀里接过了托比。婴儿一开始很抗拒，萨利才是他的亲人，他不想接近那个陌生人。但斯特恩很坚定，萨利也没有试图反抗。她与比格尔给她讲过的所罗门王故事中的女人不一样。她不会为了把托比留在身边就去伤害他。

斯特恩笨拙地抱住托比，看起来像是从未抱过孩子，并迅速拉开了自己与萨利之间的距离。萨利的手臂耷拉了下去，四肢百骸已然充斥着空虚的感觉，仿佛最重要的东西被剥夺了。她站在那里，看着斯特恩慢慢地退向门口。斯特恩伸出一只手抓住门把手，然后又坚定地看了萨利一眼。

"这个空间也必须消失。你离开的时候，必须让这里坍塌。明白吗？"

这个打击太残酷了。如果没有这个他们曾经共度时光的地方，萨利对托比的记忆就不会那么真实了。它们可能会褪色，最终变成她的想象。

当然，这正是斯特恩所希望的。

萨利决不允许这种事情发生。她每天都会想起托比，让他在自己的脑海里永远保持鲜活的形象。当然，还要留意孩子的母亲。她很快就要离开人间了，斯特恩并没有说萨利不能留意她。

"明白吗，萨利？我要你保证。"

"我明白了。"

斯特恩点点头，走出去，随手关上了门。尽管知道自己会看到什么，萨利还是忍不住跑到门口，猛地把门拉开。斯特恩和托比都不见了。她深吸一口气，感到内心有什么东西破碎了。她跪在地上痛哭起来。

第十章

到了与弗兰告别的时候，迪伦并不难过。倒不是说她是个难缠的灵魂，甚至也不能说她烦人，只是她的问题实在太多了。迪伦已经习惯了灵魂的问题：家园是什么样的？什么时候能到？快到了吗？睡在外面安全吗？我能找到我的母亲、父亲、女儿或祖母吗？

快到了吗？

迪伦一次又一次地回答这些问题，但她从未失去耐心。她明白灵魂都很紧张，甚至可能是恐惧。现实被猝然抽离，他们只能通过问一些问题来对发生在他们身上的事建立一些控制。

然而，弗兰的问题不一样。那些问题是在探究，会引人沉思。迪伦听了那些问题，会不由自主地思考和质疑。当她什么都改变不了的时候，质疑只会带来挫折感，只会滋生怀疑和不满。

迪伦希望弗兰的问题会随着这个灵魂一起消失，但她知道这不太可能。弗兰已经在她的脑海里播下种子，而种子最擅长什么？当然是生长。

"就快到了。"她告诉弗兰，这时灵魂甩了甩头发上的雨水。

她们站在满是鹅卵石的湖岸上。天色已晚，迪伦本该建议去附近的休息点过夜，等天亮了再去家园。不过现在光线还很充足，依然能看清路途，她恨不得赶快摆脱弗兰和她那好奇的头脑。

"太兴奋了。"弗兰笑着回答，"我还以为自己会超级紧张，不过好几天了，我什么都没想，只是琢磨着那里是什么样子，现在我只想去那里亲眼看看。"

"很好。"迪伦说着松了一口气，脸上露出了轻松的微笑，"我们走吧。"

并没有规定指明哪个迎灵官与哪个摆渡人合作，但一般都有相熟的组合。迪伦带着弗兰朝家园的大门走去，一路上都在寻找萨利。她很喜欢那位迎灵官的温暖笑容，也喜欢她善良的心地。与萨利熟悉之后，她感觉很舒服，但除此之外，她更愿意认为她和萨利是朋友。灵魂是有朋友的。此外，就像弗兰说的那样，假如来世的生命被剥夺了交朋友的可能性，那还有什么公平可言呢？

反正能有什么坏处？

但萨利不在，是略显矮小粗壮的玛德拉在等待她们。她在渐浓的暮色中微微发着光。

"弗兰·德·卢卡,欢迎来到家园。我叫玛德拉,我是来帮你适应环境的。如果你愿意的话,跟我去记录室吧,在那里你可以找到任何你想找的家人。"

"有些家人,我只想远离。"弗兰答道。她说得很坚定,但她的声音有些颤抖。

玛德拉点了点头,温柔地微笑道:"这也可以做到。如果你愿意,我们可以在家园里开辟一个新的空间,只属于你。"

"啊。"弗兰低声说,"那真是太好了。"

"这边走。"玛德拉伸手一指,弗兰穿过小门走进了记录室。

迪伦知道,如果自己留在荒原,就会被抽离,去接另一个灵魂,于是她跟了上去,有意走得很慢,拉开自己与弗兰和玛德拉之间的距离。由于时间已晚,记录室比平时安静。迪伦环顾四周,注意到空间缩小了,以适应较少的人数。没有任何角落或缝隙可供萨利藏身,可见那位迎灵官并不在。

这倒谈不上是什么闻所未闻的事。迎灵官有几个小时的个人自由时间,在这段时间里,记录室非常安静,不必让所有迎灵官一起当值,但萨利若没有在协助另一个灵魂,迪伦真希望她能出来和自己打个招呼。她肯定知道她快到荒原的尽头了。

这没什么……不对劲,只是有些不同寻常。

有一种感觉在迪伦心里挥之不去:出事了。

她走到一个并没有在协助灵魂的迎灵官身边。这位迎灵官好像叫鲁伊。当迪伦停在他面前时,鲁伊正在阅读一本记录簿,并没有立即抬头。

"嘿。"她说,声音有点大。

"有什么能帮你的吗?"鲁伊问道,但他仍没有从记录簿中抬起头来。

真粗鲁,迪伦心想。迎灵官向来都对她热情友好。好吧,是对她摆渡的灵魂热情友好。也许这就是不同之处。迪伦朝弗兰瞥了一眼,只见玛德拉正在解释什么,她的脸上带着和善的微笑。

"萨利在哪儿?"迪伦问。如果鲁伊不需要礼貌,那么她也不需要。

"不在这里。"

"我看得出来。那她在哪里?"

鲁伊抬起头,困惑地看着迪伦。如果这个迎灵官的脸上闪过的不是愤怒,迪伦会把自己的鞋子吃掉。

"萨利能给你什么我不能提供的帮助?"

"我不需要帮助,我想和萨利说话。"

鲁伊的眉头紧皱起来,光滑的额头随即起了褶皱。

"为什么?"

因为我很担心她。但迪伦不能这么说,尤其是她的担心并没有真凭实据。

"因为我们是朋友。"

鲁伊的困惑又回来了，这次比之前强烈了十倍。

"我明白了。"他说，不过他显然并不明白，"萨利在她自己的空间里。我想，你可以……去那里。"

"我怎么才能去？"迪伦每次去家园都有迎灵官陪伴，而且每次陪她的都是萨利。

"我可以带你去。"鲁伊说。

迪伦心想，这与其说是好意，不如说是好奇。随便吧。这位迎灵官是在帮她，这才是最重要的。

鲁伊把迪伦领到一扇门前。他把手放在门把手上，一时间，他的手和门把手都闪烁着亮光。然后，鲁伊没有直接开门，而是敲了敲门。

"有个摆渡人要见你。"鲁伊在门口轻声叫道。然后，他转向迪伦。

"你叫什么名字？"

"告诉萨利我是迪伦。"

不需要鲁伊把消息传递出去。门开了，萨利走了出来。她的注意力集中在鲁伊身上。

"谢谢你。"

鲁伊点点头便退开了，待他回到桌边继续看记录簿，萨利才看向迪伦。

悲伤如同波浪，从这位迎灵官的身上发散出来。

"要不要进来?"

门只开了一道缝,萨利没有挪到一边,迪伦只好从缝隙里挤过去。这是她第一次进入萨利的私人空间。这是一个很大的房间,明亮通风,但家具很少。有各种各样的椅子可以坐,角落里还有一张桌子和几把硬背椅。所有的东西都是奶油般的白色,只有墙上挂着五颜六色的画。

她一进房间,萨利就关上门,背对门站着。她意识到,萨利这么做不是为了把迪伦关在里面,而是为了把其他人都隔绝在外面。

"你没事吧?"她问道。

萨利微微一笑,只是笑得很勉强:"当然。"

迪伦盯着迎灵官。总是笼罩着萨利的光芒暗淡了,她那双能传情达意的大眼睛此时有些红肿,布满了伤悲。她的状态并不好。迪伦犹豫了。她从未见过萨利这副模样。她所见过的迎灵官们无不冷静、镇定,充满热情。她并不想窥探别人不希望她窥探的隐私,但是……她和萨利是朋友。难道不是吗?

"你看起来不太好。"她轻声说。

就这样,萨利崩溃了。泪水充盈了她的眼眶,她连忙伸出一只手捂住嘴,不让自己哽咽出声。她离开门边,冲过房间,跌坐在一张长毛绒扶手椅上,把整张脸埋在手里。

"萨利?"迪伦问,"萨利,发生了什么事?"

萨利摇摇头,仍然捂着脸。

"我不能谈这件事。"迎灵官说。

"好吧。"迪伦答道,"我不想你惹上麻烦。不过我不愿看到你伤心。我能帮什么忙吗?"

"你帮不上忙。"萨利说。她抬起头,泪水顺着她的脸颊往下流,"已经决定了。"

"到底出了什么事?"

萨利紧紧抿着双唇,试图忍住,但她几乎立刻就输掉了战斗。

"我的孩子!他们抢走了我的孩子!"

迪伦愣住了。她对迎灵官所知甚少,但她一直以为他们和摆渡人是一样的,都是被创造出来,而不是孕育出来的。萨利居然有个孩子?

"不是我亲生的孩子。"迎灵官看到迪伦脸上惊讶的表情,便澄清道,"他是……"

萨利看向别处,有些出神。

"我做了件坏事。"她低声说,"他是我从托儿所里带出来的。"

坦白过后,她再次转向迪伦,眼神中充满了恳求:"但他已经在那里等了那么久。我不忍心看着他一直待在那里,而其他孩子都被父母认领走了。我知道这么做不对,但我只想在他妈妈来接他之前给他一点爱。我一直都想把他给她的。"

作为一名摆渡人,迪伦很清楚那些来到家园的孩童灵魂会怎么样。她也曾把孩子们送到托儿所。那些地方很不错,是打理那些地方的护幼官专门创造出来的，便于照顾孩子们，满足他们的各种需要。但那种地方只是一个临时的家，是一个预留的位置，只有等母亲来了，孩童的灵魂才能继续发育。

"他在托儿所待了多久？"她问道。

"几十年。在我把他带走之前，他在那里待了几十年了。"

迪伦稍稍闭了闭眼睛，怜悯之情涌上心头。

"他和你一起住了多久？"

"很久。没有人知道。他的妈妈很快就会来找他了，我只是希望……你知道，我只是希望能在那一天之前好好照顾他。"

"怎么可能没人发现他不见了？"

萨利脸上掠过一丝迪伦从未见过的表情。她意识到那是耻辱。

"我告诉护幼官，孩子的母亲已经穿过了荒原，但她希望继续与世隔绝，而我负责把孩子送去给她。"

"你说谎了？"迪伦惊讶极了，不假思索就问出了这个问题。

"是的。"

"难道就没有人想过要检查一下吗？"

萨利微微耸了耸肩："他们为什么要检查？并没有人怀疑我。"

他们当然不会。因为管理家园的司官与住在里面的灵魂并不一样。他们不会撒谎，也从不欺骗，他们不会被情绪所控制。或者说，应该不会这样。

"那现在呢？"迪伦问。

悲伤像毯子一样，再度遮盖住了萨利。

"托比已经被送回托儿所了，我还被告知不能去那里看他。他会一直待在那里，等他的妈妈来接他。"

"不会太久吧？"

"是的。"萨利回答道，"他的妈妈年纪很大了。我一直都在关注她。她的身体很不好，但为了她的孩子、孙子和曾孙，她一直在与病魔抗争，因为他们不希望看到她离开人世。"萨利的话语中充满了感情，"要是她知道谁在这儿等她就好了。"

"托比多大了？"

"他只是个婴儿，才六个月大。"

"好吧。"迪伦轻声说，"他应该不会记得的。很快这就会变成一段模糊的记忆，模糊到根本回忆不起来。"

"没错。"萨利同意道，"他根本不会记得我。"

"噢！"迪伦走上前去，双臂伸向萨利，"我很抱歉！我不是那个意思。"

迪伦不禁在心里暗骂自己。她善于安慰灵魂，可到了关键时刻，她怎么就做不好呢？现在是她的朋友遇到了非常伤心的事。

"没关系。"萨利苦笑着说，"这是事实。他应该和家人在一起。你能不能……我能请你帮个忙吗？"萨利刚说完这些话，就摇了摇头，"不，不行，不该这么做。"

"什么事？"迪伦问，"我一定做到。"

萨利犹豫了一下,然后站起来抓住了迪伦的手。

"你愿意摆渡托比的母亲穿越荒原吗?知道她与一个值得信任的朋友同行,我还能放心一点。"

啊。迪伦的心一沉。这样的事,她无法保证。

"可规矩不是这样的。"她说,"灵魂是被分配给我的,我无法自主选择。"

萨利肯定知道这一点吧?

"但是,如果你可以选择,你愿意承担这个任务吗?"

"我当然愿意。但是萨利,任何摆渡人都会照顾她的。毕竟这里是荒原,她绝对安全。"

"我知道,我只是……他等了这么久,我想确保一切顺利。"

"一定会的。"迪伦安慰道。她皱起眉头,感觉到内心深处突然出现了一股很明显的力量在拉扯她,"我得走了。过几天再见。"

"是的。"萨利同意道,"过几天。"

司官萨利送迪伦来到连接她私人空间和家园其他地方的大门前。她的精神明显好了一些,也许迪伦做了一些好事。

在门口,萨利把手放在迪伦的脸颊上。迪伦感到司官的温暖渗入了自己的身体。

"谢谢你,迪伦。很感谢你能来。你都不知道我有多感激。"

她打开门,迪伦吓了一跳。一位审判官正站在门口。

他身材高大,披着黑色的斗篷,看起来威风凛凛。他的脸上毫无表情,眼神却充满暴躁,他注视着迪伦和萨利,而萨利的手还抚在迪伦的脸上。审判官的那双眼睛令人恐惧。

"比格尔!"萨利喊道。她似乎没有注意到审判官散发出的怒火。

"是我打扰你们了。"他说。他的声音低沉而冷淡。迪伦强忍着才没有浑身战栗。

"我正好要走了。"迪伦说,"我还有事要做。"

她绕过审判官,匆匆穿过记录室,朝荒原走去,在那里,她将受召唤去摆渡下一个灵魂。然而不知为何,她每走一步,都能感觉到审判官的目光紧紧地锁定着她。

第十一章

"你在想什么？"

"啊？"崔斯坦猛地扭过头，盯着他的灵魂，是一个名叫索尔的瘦小老人。灵魂的脸上布满了皱纹，但一双锐利的绿眼睛正从浓眉下凝视着他。

"当你这样做的时候，你在想什么？"

"做什么？"

"当你像那样坐着发呆的时候。"老人大笑了一阵，"看你脸上的表情，我想说你肯定在想你的妻子，要不就是女朋友，但你有吗？"

"没有。"崔斯坦说。

"是不允许有,还是没人能入你的眼?"

"摆渡人没有这样的关系。爱人啊,甚至朋友啊,都没有。我们只对灵魂负责,仅此而已。"

"嗯。"索尔皱起眉头,"那可算不上生活。"

崔斯坦露出一丝微笑,不知道该说什么。他没有自己的生活,确实没有。但他有目标,能够存在,他认为这总比什么都没有强。

他叹了口气,眺望着风景,继续做索尔用一大堆问题打断他之前一直在做的事。那个老人的观察能力异常高超,还总能说中要害,只是崔斯坦不打算把这一点告诉他。

他不是在想什么人,而是在……寻找。他和迪伦经常一前一后穿越荒原,他发现他们一起在湖上休息,然后一起穿过山谷,一起去接新来的灵魂。这并非偶然。崔斯坦会让灵魂慢下来,或者让他们加快速度,这样他就能和迪伦一前一后走过荒原了。

他们不常说话,甚至不常交换眼神或朝彼此挥手,但他们知道对方就在那里。他们知道自己并不孤单。有了别人和自己一起分担,这无休止的单调生活即便是个重担,也变得容易忍受了。

"也许有一天事情会改变。"索尔说,"也许在某个时候,你完成了你的职责,你就可以自由地去那个地方了,你叫它什么来着?"

"家园。"崔斯坦心不在焉地回答。

"没错。就是家园。也许有一天你会去那里。"索尔眨眨眼,"到时候你可以给自己找个女朋友。不过,我要警告你。女朋友虽然好,但她们带来的麻烦更多。"

索尔大笑起来，崔斯坦也不由自主地咯咯笑了起来。只是崔斯坦的笑中没有笑意。因为这一次索尔大错特错了。事情永远不会改变，对崔斯坦而言便是如此。他被创造出来，就是为了实现这个目标，这就是他所拥有的一切。

崔斯坦灰心丧气，他叹了口气，做起了他每晚都会做的事。正是那件事让他得以坚持下去，那便是望眼欲穿地等待迪伦的到来。

第十二章

外面又黑又冷。冷风呼呼地吹着，钻进了迪伦衣服上的每一个缝隙。她把夹克裹得更紧一些，观察着周围的环境。此刻，她身在苏格兰的乡下。夜空里群星璀璨，但没有路灯照亮大地。迪伦摸索着向前走，忽然，有呻吟声随风飘了过来。

发出那声音的，是她即将摆渡的灵魂。

她向前走着，有关灵魂的信息钻进了她的脑海。女孩名叫乔丹，14岁，因摔下陡峭的山谷而丧命，她的脑袋撞到一块锋利的岩石上，就这样，她年轻的生命意外走向了终点。

和萨利的谈话仍然占据着她的思绪。她试着把它推到一边，因为她最新的任务画面形成了。一条消息的出现让她猛地收住脚步。

女孩竟是个杀人犯。她把一个朋友推到了深水里,而且,她明知那个男孩不会游泳。

她眼睁睁看着他在水里扑腾,直至他沉入水底。

然后她步行回家。

她是从被关押的安全中心逃跑时死的,她被判了12年的刑期,当时只在里面待了7周。

迪伦记得她摆渡过的每一个灵魂。她想起了那个男孩。他叫斯蒂芬,是个好孩子。他的母亲鼓励他和乔丹交朋友,因为女孩没有其他朋友,而且他们两家只隔着几栋房子。他本来并不愿意,因为他觉得乔丹有点不对劲,但他想让母亲高兴。迪伦很为他感到难过。他原本只想做好事,厄运却盯上了他。

现在她摆渡的则是杀死他的凶手。

摆渡人护送互相认识的灵魂,并不是什么新鲜事。迪伦曾先后摆渡过丈夫和妻子。她还曾摆渡过两兄妹,他们出生时都有先天的疾病,在两年内相继去世。但她从来没有摆渡过杀人犯和受害者。她并不乐得见到自己的记录里多出这么一条。

但她没得选。

迪伦继续往前走,对那个在峡谷底部痛苦呻吟的女孩不那么同情了。乔丹现在安静多了,她的心跳已经进入了最后阶段。过不了多久,她就将离开人世,由迪伦来负责。棒极了。

这不关你的事,她提醒自己。你不是来评判的,你只是来指引灵魂前往家园。尽管如此,弗兰的话仍在她脑海中回荡不止。

你难道就没想过,你负责摆渡的灵魂其实并没有资格去那里?根本就没有测试,对吧?难道就没有一些灵魂,你会觉得他们直接消失更好?

对与错并不重要。她在心里重复着自己当时说过的话。就是这样。

"救命。"乔丹呻吟道。

现在那声音更大,也更清晰了。乔丹已经跨过了界限。

"没事了。"迪伦叫道,"我在这里。我来接你了。"

"快点。"乔丹答道。树叶沙沙作响,迪伦经过最后几棵挡住她视线的树,走过最后几英尺的距离,就看到乔丹趴在地上。灵魂用一只手按住头顶,然后把手伸到面前,在黑暗中盯着手掌看了一会儿。"我在流血。"

确实是。而且流了很多血。但不会再流了。

"你没事了。"

"我很不好!"乔丹反驳道,"我撞到头了,我在流血!你是谁,蠢货?"

迪伦强忍着没有说话。她往常那种无尽的耐心消失了。

"我扶你起来。"

乔丹由着迪伦扶她站起来,但她刚站稳,就一把推开了摆渡人。

"放开我!"

迪伦立刻松手,乔丹没有预料到这个动作,顿时向后栽倒,仰面摔在了泥里。

"看看你都做了什么!"

"是你不愿意让我帮你。"迪伦指出。

乔丹皱起了眉头:"你觉得你很有趣吗?把我惹火了对你没好处。我杀过人!"

她说得得意扬扬,就像一个小孩子在展示一只死青蛙。

"是的。"迪伦简单地回答道,"我知道。"

她转身背对乔丹,开始向山上走去。她的眼睛直直地盯着前方,但她的耳朵却在敏锐地倾听着身后的情况。一开始,后面很安静,接着响起一阵骚动,那是乔丹挣扎着站起来,快步追了上来。迪伦任由自己微微一笑,然后隐去了脸上的所有表情。

"你说你知道,这是什么意思?你怎么知道的?你知道我是谁?你又是谁?"

"我了解你的很多事,乔丹。"

在那一刻,乔丹惊讶不已,脸上咄咄逼人的怒容都不见了。

过了一会儿,她的脸上换上了一副愤怒而坚定的神情。

她一把抓住迪伦的胳膊,猛地拉着她停下脚步。不一会儿,她们两个就面对面而立,鼻子对着鼻子。

"你是谁?"

"我是你的摆渡人。"

"我的什么?"

"你的摆渡人。我指引你的灵魂穿过荒原前往家园。你已经不在人世了,乔丹。你死了。"

迪伦很少如此直白地向灵魂道出真相。不过,现在很难唤起她内心的同情。乔丹做过一件可怕的事,而且,她正在证明自己是个可怕的人。

你不配前往家园,一个低沉微弱的声音喃喃道。

尽管这是事实,但这种想法无异于……叛逆。迪伦环顾四周,以为会看到审判官从阴影中突然现身,将她痛斥一番。

"是啊,没错。"乔丹说着,甩了甩几分钟前还像鸡蛋一样裂开的脑袋,金色长发那参差不齐的末梢扫过迪伦的脸,"我不这么认为。你是个怪胎。"

侮辱完别人,乔丹便转身大步走开了。迪伦本可以让她继续走,但她走错了方向。

"乔丹,停下来!"迪伦很少这样厉声说话。但她现在这么做了,还尽可能拿出命令的语气。乔丹的脚步猛地停住,她的身体也变得僵硬起来。迪伦任由她僵硬地站在那里,直到自己赶到她身边。"我没有骗你。"她说,"我是个摆渡人,这里也不是人间。"

"那你来证明一下。"

乔丹的反应并不出人意料,已经有无数灵魂向迪伦抛出过同样的要求。

"看看周围。"她说,"你再听听。有没有听到昆虫或动物的声音?

有没有看到天上有鸟?"她顿了顿,看着乔丹的目光扫视着乌云密布的天空,"什么都没有,对吗?"

"现在是晚上。"乔丹反驳道,"它们都在睡觉。"

"很多生物都在夜间活动。"

"什么意思?"乔丹问道,她五官扭曲,脸上带着愤怒和困惑。

"没什么。"迪伦说,"听着,我用另一种方式证明给你看。你马上从我身边走开。"

乔丹翻了个白眼:"没问题。"

她转过身,准备愤然离去。

"停下。"迪伦轻声地说,但这个词充满了命令。用这种方式说话让她精疲力竭,她感到太阳穴刺痛不已,似是在抗议,但令人欣慰的是,乔丹立即停了下来。

"你对我做了什么?"

"我可以控制你。"

"住手!"

乔丹猛地转过身,向迪伦迈了一步,一只手握成了拳头,看起来咄咄逼人。迪伦站着不动,但命令徘徊在她的舌尖上,没有出口。大多数情况下,她会用声音中的法力来阻止小孩子们跑开,免得他们陷入危险。并不是说荒原里有什么危险,可要是摔下陡峭的山丘,孩子可能会哭闹不止,而湖水很深,虽然不至于淹死人,却可能吓到不会游泳的孩子。不过她时不时用这种声音来保护自己。她虽然不会真正受到伤害,但这并不意味着她喜欢脸上挨拳头。

"如果这里是人间,我能做到吗?"

"也许吧。"乔丹撇着嘴答道,"你可能是个女巫,可以催眠我!"

"没错。"迪伦轻轻地闭了闭眼睛,"我不是女巫,你也没有被催眠。你已经离开了人间,我的工作是带你穿过荒原。我们现在所在的地方就是荒原。在这里,你的灵魂可以开始新生。"

"我不相信你。"

"你会的。"

迪伦目不转睛地盯着乔丹。这个灵魂压迫着她的每一根神经。未来几天,一定会过得漫长无比。

"我们怎么去那里?"

"走着去。"

"走着去?"

"是的。可以走了吗?"

迪伦走了起来。像以前一样,她知道乔丹会追上来。这一次,乔丹来得更快。她穿过树林的声音很响,迪伦听到她在黑暗中被一根不显眼的树根绊倒时咒骂连连。通常,迪伦会等到早上再启程。灵魂刚刚才发现自己已死,这个时候带他们走夜路,似乎很残忍。他们本来就很害怕,还在一个很恐怖的地方,她至少可以等到早上,让他们看到这个新环境不过是一片空荡荡的风景。让他们知道,这个地方既不陌生也不危险。实际上,当灵魂能够看到他们的脚放在哪里时,他们走起来也会比较容易。

当乔丹再一次跌倒时,她体会到了一种报复性的快感。乔丹大叫一声"哎呀",便脸朝下摔进了茂密的草丛里。

她克制住自己,知道自己太刻薄了。迪伦停顿一下,深吸了一口气,试着让自己镇定下来。她用意志强压下心中的怒气。

"你没事吧?"她问道。

"我很好。"乔丹已经站了起来。她掸了掸牛仔裤膝盖处蹭上了黑泥的地方。"你没有手电筒之类的东西吗?"

"我不需要手电筒,我在黑暗中看得很清楚。"

"可是我看不到!怎么,你活着的时候每天都吃胡萝卜吗?"

"我是摆渡人。我被赋予了许多能力来帮助我履行职责。"

"管他呢,胡萝卜姑娘。"

迪伦本可以变出一个小光球,那光足以为乔丹照明,帮她穿过这片区域,但她只是又走了起来,反正也快走出树林了。

几分钟后,地面变得平整,树木也稀疏了,有了月光的照耀,能更清楚地看到路了,乔丹也停止了咒骂和抱怨。她追上迪伦,与她并肩而行。

"这么说,我死了?"她直截了当地说。

"是的。"迪伦的回答同样生硬。她已经尽力了,可她还是很生气。

"这就是来世?"

"这里是荒原。你必须穿过荒原,才能到达来世,我们把那个地方称为'家园'。"

"酷。"乔丹现在饶有兴趣地环顾着四周,尽管没什么可看的。"我一直想知道人死后会发生什么。我见过死亡。是亲眼所见。你知道吗,他们断气的那一刻,是可以看出来的?你可以眼睁睁地看到生命消逝。"

一段记忆涌上了迪伦的脑海。但那是乔丹的记忆,不是她的。她抱着一只动物,可能是仓鼠,也可能是沙鼠。迪伦不确定。那只小动物在不停地踢腿,乔丹的手在它的小身体上挤啊挤啊。最后,它的腿不再踢了。

迪伦浑身一颤,把那段记忆甩开。这是乔丹的第一次实验,这样的事以后又发生了很多次,并且换成了更大的动物。后来,她的信心越来越强,病态的好奇心也越来越旺盛,于是她拿人来做实验。就是那个叫斯蒂芬的男孩。

"这不一样。"乔丹继续说,"你可以看着他们死,但你不知道他们死后会去哪里。这是个谜。"乔丹露出满意的微笑,"现在我知道了。"

第十三章

他不应该在这里的。比格尔出现在这个房间时,就已经知道了这一点,但他隐去自己的身形,以免被聚在床边的人看到。他是一名审判官,可以去人间的任何地方,在荒原和家园也是畅通无阻,但真正引起他内心波动的,是他为什么要走这一遭。

他的行为很自私。

这是他的私事。

比格尔明白,这种干预一旦开始,就不能回头了。他的神经在颤抖,而这并不是因为他害怕被人看见。除非他有意为之,否则房间里没有人会知道他在那里。不,那是因为他知道自己违反了规定,他知道自己这么做是出于情感。但他还是义无反顾。

也许他已经崩溃了。也许其他审判官并没有这些想法和感受，因此他们才能在工作时如此无情，如此高效，不像比格尔那样深受困扰，甚至顾不上自己的职责。此时此刻，他本应该待在家园，管理那里的灵魂，想方设法帮助他们更好地和平共处，哪怕这么做纯属徒劳。

可他却在这里，准备做一件他明知是不被允许的事。如果有必要，他还会撒谎。不是为了保护自己，而是为了保护他人，保护一个朋友。

那个朋友，就是萨利。司官很伤心，比格尔见了便有些……于心不忍。她从托儿所偷出来的孩子已经被送回去了。他不喜欢用"偷"这个字眼，但萨利的所作所为就是如此。萨利不可以去看望他，甚至也不能打听他的近况。

比格尔并不真正理解萨利的痛苦。毕竟托儿所是很好的地方，可以满足每个孩子的需要，直到父母来接他们。管理托儿所的司官被创造出来，就是为了照顾因与母亲分离而进入成长停滞状态的孩童灵魂。然而，那个叫托比的孩子在托儿所里待了很久，萨利很为他难过。而看到司官这么悲伤……

比格尔的皮肤下便涌动着一种叫人无法忍受的瘙痒。这使他想要采取行动，他想要残杀、狩猎，无论什么行动，只要能补救。他不能坐视不理，眼睁睁地看着萨利既伤心又担心。

所以他才会到这里来，试着让那种感觉消失，试着减轻萨利的痛苦，试着做一个好朋友。

如果他对自己诚实,他还想要赢得那位司官的赞赏,以及她的青睐。

他环顾房间,将注意力集中在自己的任务上。作为病房,这里还不错。老妇住的是一间小套房。房间中央是她的床,床周围摆满了仪器,正对面是一面墙的橱柜和抽屉,墙中间嵌着一台电视机。一张小沙发放在一旁,沙发上方是一扇窗户,有明媚的阳光照射进来。整个地方通风良好,漆成清新的白色,配以紫色和蓝色。相较之下,还有更糟糕的地方让你度过最后的时光。

房间里挤满了人。海伦躺在床上,她的三个孩子罗伯特、大卫和克里斯托弗坐在她周围的椅子上,这些椅子是从病房各处搜罗来的。罗伯特的女儿海伦娜(以她祖母的名字命名)趴在沙发上,吉纳维芙在另一个角落里逗着小婴儿杰克,而杰克是海伦的第三个曾孙。在门厅里,罗伯特的妻子帕特丽夏和他们的儿子格雷格正在摆弄零食自动贩卖机。

海伦睡着了,她的眼睑是半透明的,比格尔很容易就能看出,睡梦中的她眼珠在眼皮子底下转动。罗伯特站在那里,低头注视着母亲,但她的其他亲戚都是一副宁愿待在别处的样子。此时,一阵轻轻的敲门声响起,除了还在睡觉的海伦,所有人都转向门口。

"进来。"罗伯特叫道,压低声音以免吵醒母亲。

门开了一条缝,一个穿着医生大褂的年轻金发女人探进头来。看到房间里有这么多人,她的脸一下子就白了。

"你们好,我是格兰特太太的肿瘤医生弗格森。"

房间里的情绪瞬间发生了变化,从坐立不安的无聊变成了紧张的期待。

"很高兴见到你。"罗伯特说。他环视了一下房间,嘴巴抿成一条细线,"为什么大家不出去呼吸一下新鲜空气?我在这里守着妈妈,再和医生谈谈。"

作为长子,他承担起了领导者的角色。家里的其他人显然习惯了这个程序,甚至都没抱怨一声便离开了,只有克里斯托弗转过身,担忧地最后看了海伦一眼,才关上了门。

看到大家纷纷离开,医生看起来松了一口气。她走近床边,温柔地朝海伦笑了笑。不过,她的肩膀有些紧张,显然是来传达坏消息的。

"把妈妈叫醒好吗?"罗伯特问。

他有一种准备迎接最坏情况的人才有的坚忍,但现在家里的其他人都走了,他看起来就像个需要父母安慰的小男孩,尽管他长大成人已经超过 50 年了。

"我可以过会儿再来。"医生说。

"没关系。"一个柔和尖细的声音说道,"我醒了。"

海伦睁开眼睛,抬头看了看站在她床边的两个人。她对罗伯特微微一笑,罗伯特伸出手握住她的手,然后她把注意力集中在医生身上。

"嘿,格兰特太太,今天感觉怎么样?"

"我快102岁了,还得了癌症,这就是我的感觉。"

弗格森医生苦笑了一下。她从床尾拿起海伦的病历,低头看了一眼。

"天哪,快到你生日了!"

"你一定可以好好过个生日。"罗伯特坚定地补充道。

"嗯。"海伦说,"这要看医生怎么说。"

弗格森医生张开嘴想说话,却犹豫起来。

"坏消息,是吗?"海伦问道。

"治疗的收效,与我们希望的不一样……"

"那是因为我快102岁了。"海伦尖刻地指出。

弗格森医生的嘴唇抽动了一下:"我们还可以尝试其他一些方法。我想可以从增加药物开始,这是侵入性最小的选择。我们也可以考虑增加一些额外的化疗措施。"

海伦发出一种厌恶的声音,把脸转向窗户,凝视着窗外。

"我知道,妈妈。"罗伯特喃喃地说,"我知道你不喜欢。但你的生日快到了,几周后你的另一个曾孙也要降生了。难道你不想看到他来到这个世界上吗?"

海伦闭了一会儿眼睛。比格尔看得出来,压在她身上的责任有些沉重。

"你不必马上做出决定。"弗格森医生说,"为什么不考虑一下呢？也可以和家人商量商量。"

"谢谢你，医生。"罗伯特说，"那太好了。"

弗格森医生离开了。就像他们一直在外面徘徊、观察和等待一样，海伦的其他家人很快拥进了房间。海伦静静地躺在床上，罗伯特把情况对他们说了一遍。他们立即提出自己的意见，一时间房间里极为嘈杂。

"你当然想继续努力，对吗，妈妈？"说话的是大卫，他一边说一边热情地点头。

"药不会差到哪里去的，奶奶。也许他们可以先试试这个办法。"吉纳维芙说。

"安吉拉马上就要生孩子了。"克里斯托弗加大了压力，"如果你不能迎接孩子的出生，她会很失望的。"

"你会接受的，妈妈，对吗？"罗伯特说，"你当然会接受。"

众人没完没了地说着，一时间病房里乱成一团，就连比格尔都觉得难以忍受。在整个过程中，海伦一直盯着前方，脸上毫无表情。最后，她用口型说了一个词。

"什么，妈妈？"克里斯托弗问。然后，他说，"所有人都安静！"

房间里顿时变得鸦雀无声，就像按下了开关。

"什么，妈妈？你刚才说什么？"

"出去。"海伦的声音勉强高于耳语，几乎淹没在床边仪器的嗡嗡声中。

"妈妈……"罗伯特说。

"出去!"她说得更有力了,眉头紧皱在一起,"出去。所有人。求你们了!"

他们不愿意出去,一个都不愿意。罗伯特本想留在门边,但她朝他摆摆手,直到他也离开。

当房门最终关上时,她深深地叹了口气。她费了很大的力气,终于把一只纤细的手臂举到脸边,揉了揉额头。她手臂上的皮肤像纸一样薄,由于体重锐减而变得松弛。

比格尔让她多享受了一会儿宁静,然后他走上前,在房间里彻底现身。

"海伦。"他轻声说。

她吓了一跳,目光迅速转移到他身上。他看着她睁大了眼睛,然后脸上绽开了一丝可以说是满意的微笑。

"啊。"她说,"死神来召唤我了,看来我终于不需要做决定了。"

"我不是死神。"

"不是吗?那你是来给我换便盆的?"

比格尔勉强笑了笑。他喜欢这个老妇人,她无所畏惧。

"我来给你提供一些信息,或许这有助于你做决定。"他回答道。

"你是天使吗?你是来告诉我未来的吗?"

"不。"他说,"未来无法预测。聪明人倒是能猜测,但没人能知道。我是来谈谈你的过去。"

"过去我已经知道了,谢谢。"海伦回答说。

"你知道人间的事。我是来告诉你一些你不知道的事。"

"为什么?"

比格尔顿了顿。他没料到会被问到这个问题。根据他对人类的了解,他以为她会探听他可能透露的任何秘密。如此接近死亡,他以为她会迫不及待地想要了解人间之外是什么。

"因为同情。"他终于说。

"你为什么同情我?"

"不是同情你。"他看得出这引起了她的兴趣,"你年轻时有过一个孩子。"

"我有好几个孩子。"海伦说,"你差一点就见到他们了。"

"那个孩子并不像你的其他孩子那样得享高寿。"海伦最大的孩子罗伯特快80岁了,最小的也已经年过七旬。"他只活了短短几个月。"

海伦脸上露出了往日的悲伤。

"是托比。"她喃喃地说,"可爱的托比。"她紧闭双唇,强忍泪水,"他们告诉我,这是一种福气。在我经历了那种事之后,不用每天都看到引起回忆的事,是一种福气。但你只要看看他那双漂亮的蓝眼睛,就知道他是一只无辜的羔羊。他的灵魂里没有任何污点。他是我的小天使。"

"他在等你。"

"什么?"

"你的儿子在等你。当你前往来世时,就能再见到他了。"

"啊。"喜悦使她的眼睛明亮起来,她任由几滴眼泪滑落下来。过了一会儿,悔恨使她的目光暗淡下来。"他肯定已经长大了。我错过了他的一生。"

"不。"比格尔说,"事情不是这样的。如果没有你的养育,他就不能长大。他依然和你记忆中的一样,还是个婴儿。"

"我太老了,不能再做母亲了。"海伦痛苦地回答道,"我甚至都下不了床!"

"你的身体背叛了你,"比格尔说,"但你的灵魂没有。它一如既往地充满活力。"

海伦花了好一会儿才明白。她凝视着比格尔,眼中的希望已然让岁月的痕迹从她脸上消失了。

"他一直都是个婴儿?"

"一直都是。"

"啊。"海伦用手捂着嘴。

"他一直在等你。"比格尔轻声说。

他和她的家人一样坏,都在试图影响她的决定,但比格尔想到的是,海伦每次忍受治疗都是为了家里人,他想到了托比,他在托儿所住的时间比比格尔能想到的任何人都长,他还想到了萨利,一想到婴儿无休止地等待,她柔软的心就在流血。海伦的家人太自私了,他们想要把这位女家长多留一段时间,海伦已经尽力去安抚他们了。

也许知道了以前不知道的事,她可能会有不同的看法。

"会发生什么?"海伦问,声音有些颤抖,"我死后会发生什么?"

"我不能给你这些信息。"比格尔说。他已经对她说了太多不该说的话。

"我明白。"

"现在由你自己来做决定。"

海伦甚至都没有注意到他消失了。她陷入了沉思。然而,比格尔并没有从房间里消失,他只是悄悄地返回了阴影里。

他没等多久,一声有些犹豫的敲门声响起。海伦一点也不惊讶,她早就料到了。她重重地叹了口气。

"进来。"

这次来的只有她的三个儿子。他们站在床尾,三个人都带着懊悔的表情。

"我们很抱歉。"罗伯特说,一如既往地代表三兄弟发言,"无论你的决定是什么,我们都会尊重。我们只是不想失去你,妈妈。"

他们充满期待地盯着她,比格尔也在角落里做着同样的事。

"不。"海伦终于说。

三个人等了一会儿,看看母亲是否还有话说,然后罗伯特开口了。

"妈妈,你说不?"

"不要了。我老了,也累了。我忍受了那么多治疗,试着让你们所有人都高兴,但我受够了。"

罗伯特张开嘴想说话,但一句话也说不出来,他低下了头。

"你确定吗,妈妈?"大卫问。

"我确定。我已经准备好离开了。"海伦的嘴唇抽动着,露出了一抹神秘的微笑,"事实上,我很期待。"

她的眼神变得悠远起来,但比格尔知道她看到了什么。一个胖乎乎的男婴,有一双漂亮的蓝眼睛。工作完成了,他的脸上也浮现出了神秘的微笑。然后,比格尔悄悄地离开了房间。

第十四章

迪伦从未以如此快的速度穿越荒原。即使是分开多年的配偶,希望与父母重聚的子女,渴望团聚的知己好友,也从未像迪伦催促乔丹那样快速前进。这就像带着一颗定时炸弹赶路。她难以抑制心中对女孩的厌恶,这么想有失公允,可她还是忍不住想知道,如果乔丹不是这么年轻就离开了人间,她会变成什么样子。

她的思绪又回到了她们昨晚的谈话上,当时是夜晚最黑暗的时刻,她们在一间小木屋里过夜。迪伦在锈迹斑斑的大腹炉里生了一堆火,火光在整个空间里投下了怪异的阴影。乔丹的脸被红色的火光笼罩,眼睛看起来如同两个黑色的凹坑。

"我的意思是,看看动物王国吧。"她说,"那里有着残酷无情的竞争。幼崽挨饿，因为母兽出去打猎再也没有回来。雄鹿在发情期互相残杀，只为得到最好的雌鹿。如果牛群中有野牛瘸得不能走路，或是太老了跟不上大部队，它们就会抛下它。我们就应该这样。我们应该更加无情，把弱者都剔除出去。"

"灵魂不同于动物。"迪伦坚定地说道，"你有感情。你有能力心怀同情。"

乔丹摆摆手，示意她这话没道理。

"人们以前就是这样做的。野蛮的部落会把老弱病残抛弃在荒野中让其自生自灭，在一些地方的民间传说里，老人会从巨大的悬崖上跳下去结束自己的生命。"她露出狡黠的微笑，"他们要是不跳，就会被扔下去。"

迪伦默默地盯着乔丹。她没听说过"夜行动物"这个词，而且通过进一步的交谈也可以看出，她在基础地理和数学知识方面根本一窍不通，现在却能侃侃而谈。

"以前的人干过各种各样的事。"迪伦说，"他们烧死女巫，仅凭捕风捉影就把人处死。他们还用海洛因来治疗咳嗽。但人们已经学会了用不同的方式做事。"

她不清楚自己为什么要为人类辩护，倒不是说她也是人类。然而，如果世界上到处都是持有乔丹这样观点的人，那么世界将变得乌烟瘴气，乱七八糟。痛苦将会更多，折磨也将更多，届时将出现一个适者生存的世界，而那些善良、温柔的灵魂将没有安身之处。

"我认为不应该这样。"乔丹说,她的脸皱成一团,形成了一抹冷笑。"有些人就是社会的累赘。如果他们永远无法做出贡献,让他们长大又有什么意义?又或者他们受了重伤,那就是负担。"乔丹耸耸肩,"就让他们去死好了。"

"这么说,你对弱者毫无怜悯?"迪伦问。

"是的。"

"如果你是弱者呢?"

"什么意思?"乔丹歪着头问。

"如果你出了什么意外,失去了双腿呢?或者你年纪大了,成了家里的累赘。你愿意被淘汰吗?"

"可我不是,对吗?"乔丹翻了个白眼,反驳道。

"如果你是呢?"迪伦追问道。

"那不重要,不是吗?我死了,所以我永远不会变成那样。"

"是的。"迪伦强忍着不去翻白眼。她对着乔丹扬起一边眉毛。"你现在是弱者了。"

"你是什么意思?"

"你并不清楚这里的规矩,也不知道要到哪里去。假如我丢下你,你就彻底孤立无助了。那时候,你就成了个累赘。"她真不应该说这些话,可她就是忍不住。"按照你那套道理,我应该把你留在这里。"

"你不能这么做。"乔丹说,"引导我是你的工作。"

"医生的工作是治疗病患,但根据你的说法,有时他们不应该治病救人。如果我同意你的观点，我就应该有权判断谁有资格被送去家园。谁在那里会有用，谁会让那个地方变得更好。"

迪伦愿意用自己的左臂打赌，她对"谁能在家园发挥作用，谁能让那个地方变得更好"的定义，与乔丹的截然不同。

"你不能那样做。"乔丹生气地说。

"为什么不能？"

"因为你只是个劳工，一个奴才。你无权做决定，你只能做别人吩咐你去做的事。"

好吧，她对此没有异议。乔丹说得很对，但这并没有提升迪伦对她的好感。

"我去小屋周围检查一下。"她说完便站起来离开了，不给乔丹时间问为什么。

乔丹的话依然令人痛心，但她是对的。她只是个劳工。应该欢迎谁进入家园，谁的灵魂应该被消灭，这些都不是由她来考虑的。但或许应该如此。随着她们走进山谷的阴影，这段旅程几乎算是到了终点，还真是谢天谢地，而迪伦想知道谁更有资格做出决定。也许是审判官，毕竟他们能穿越到人间，看到人们生活中的样子。这和把灵魂的所有记忆都灌输给迪伦的情况，有什么不同吗？

另外，当灵魂被分配给摆渡人，就说明他们的一生已经结束了。他们做出过决定，制订过计划，也犯过错。这正是进行判断的时候，不是吗？

还是也要考虑他们在家园里的所作所为？哪怕是在死后，也依然有时间去改过自新，成为更好的人吗？

迪伦不知道，哲学思考让她头疼。该死的弗兰和她的问题。前一个灵魂鼓励她质疑一切，现在这个灵魂又弄得她不胜其扰，在迪伦看来，这似乎是一个奇怪的巧合。是命运在嘲笑她吗？

"我累了。"乔丹突然宣布，"我不想走了。"

迪伦瞥了女孩一眼。她们整个下午都在默默地走着，迪伦一直在思考，乔丹则沉默寡言，看不出她在想什么。即便不聊天，迪伦也不介意，她并不喜欢每时每刻都喋喋不休，把心里的实话都说出来的灵魂。但和乔丹静静地走在一起，并不会带来安慰。她的沉默里夹杂着威胁，好像她阴暗的内心里正在密谋着什么。

这让迪伦提高了警惕。

"这里不适合休息。"她环顾四周说。她们在山谷中央，两边的山峰高高耸立，小径笼罩在浓重的阴影里。乔丹的荒原到处都是巨石和棱角分明的峭壁，空间因而显得更加逼仄。"最好继续前进，到了开阔的地方再休息。"

"不要。"乔丹的表情变得很不友善，"就在这里。"

她突然停下，把双臂抱在胸前，固执地瞪着迪伦。

迪伦叹了口气。她可以让乔丹继续走的，但不是通过讲道理相劝。她必须用自己声音中的法力强迫灵魂前进。那很累人，尤其是乔丹这种一定会极力反抗的灵魂，而且这个灵魂还很清楚她在做什么。

她们之间的关系已经够紧张了。

"好吧。"迪伦说,"就在这里吧。"

乔丹非常满意地笑了笑。她转身,坐在两块石头之间一片狭窄的地方,然后盯着迪伦。她的凝视显得高深莫测,迪伦不禁感觉自己就像显微镜下的一只虫子。她紧张不安地走过去,坐在小路另一边的一块巨石上。

此时下午刚刚过半,天空是明亮的蓝色,天气还很暖和。乔丹显然不想说话,迪伦大部分时间都会穿过乔丹那崎岖荒原的假象,进入真正的山谷,而在真正的山谷里,一切都是黑色和红色的。在那里,她可以看到其他摆渡人带着灵魂经过,体验与他们彼此相连的短暂时刻,或是目光相遇,或是朝彼此微微一笑。见她停在山谷中间,很多摆渡人朝她投来了迷惑的目光,但没有一个停下来询问是怎么回事。毕竟他们还要管好自己摆渡的灵魂。

天空慢慢地变暗了,路过的摆渡人逐渐变少,最后只剩下迪伦和乔丹独自坐在小路上。

"可以继续走了吗?"迪伦问,她至少第六次这么问了,"这样还来得及在天黑前离开山谷。那会有一个更舒服的地方可以让你休息。"

"不。"乔丹温和地答道,"这里很好。"

迪伦怀疑地眯起眼睛。乔丹表现得彬彬有礼,却非常难缠。这让她很担心。她叹了口气,从她坐着的岩石上跳下来,到处转了转,看着这块突出的石头形成的锐角角度直指天空。这里几乎没有植物，由于照射进来的阳光有限，只有稀疏的杂草在生长，草叶依附着布满砾石的泥土，从岩壁的缝隙中冒出来。这些植物很坚韧，迪伦伸出手抚摩，发现它们像皮革一样坚硬……

迪伦回头看了一眼，顿时呆住了。

"乔丹？"

乔丹坐了一下午的地方，也就是岩石之间的那道小裂缝，此时空空如也。

迪伦急忙跑到那里，向四周张望——没有乔丹的影子，灵魂消失了。她还在这个区域，如果她试图逃离，迪伦会感觉到的。只要迪伦集中注意力，就可以找到她的确切位置，但是……乔丹想做什么？迪伦只把目光移开了不到一分钟而已。那个灵魂行动的时候，速度一定很快，而且悄无声息。难道她整个下午都在等一个机会吗？

但是，她要做什么？

"乔丹，你在哪里？"

迪伦沿着小路走了一段，目光搜索着陡峭的山坡。没有地方可躲，乔丹也没有时间上山，翻过山顶，消失在视线之外。

"你想干什么？"迪伦喃喃地说，她的声音低得让人听不清。

孩童灵魂经常这样。他们逃走躲起来，因为他们知道迪伦会找到他们。通常情况下，他们会高兴地咯咯笑，尖锐的笑声会泄露他们的位置。

然而,乔丹不是在玩游戏。就算是,也不是天真幼稚的那种游戏。迪伦想起了她刚才那扬扬自得的表情,不禁皱起了眉头。

"乔丹?"迪伦回到岩石堆旁,向四周张望。天很快就黑了下来,阴影聚集在一起,形成了一片片难以穿透的黑暗。迪伦的嘴唇抿成了一条细线。她厌倦了被人玩弄,于是运用起感官,寻找乔丹的灵魂之光。

它在她身后。距离非常近。

迪伦猛地转过身,发现自己与她所摆渡的灵魂面对面,鼻尖几乎对着鼻尖。她注意到的第一件事是乔丹眼中邪恶的喜悦。第二件事则是乔丹的嘴,她龇牙咧嘴,嘴唇向后缩,牙齿露在外面。就在这时,她看到了乔丹手里握着的那块又大又重的石头。

"你要干什么……"

她没有时间把话说完。乔丹猛地抡起石头,狠狠地砸了下来。迪伦举起手臂来承受这一击的力量,但她的速度不够快。岩石重重地击打在她的太阳穴上。

一股剧烈的疼痛蔓延开来,她只觉得头晕目眩。迪伦踉跄了几步,失去了平衡,周围的景色在她眼中失去了焦点。有湿热的东西流进了她的眼睛。是血。

"你在干什么?!"她叫道。

"啊哈!你流血了!"

乔丹咧嘴一笑,又举起了那块石头。迪伦打起精神,可她大受震惊,一时间竟忘了要闪开。然而,第二击并没有落下来。黑暗中伸出一只手抓住了乔丹的手腕,使劲儿一拧,乔丹吃痛,只得松开了石头。

片刻后,崔斯坦从阴影中走出来,他的眼中闪动着怒火。

"睡觉!!"他咆哮道。他声音中的法力嗖嗖地越过迪伦,击晕了乔丹,虽然她并不是他负责摆渡的灵魂。只见她眼珠一翻,昏倒在地。崔斯坦没有试图去搀扶她,任由她摔在坚硬的石头地上。

"你没事吧?"他问迪伦。

迪伦点了点头。她已经恢复了,稳住身体站了起来。见她的身体有些摇晃,崔斯坦连忙扶住她的胳膊,帮助她站稳。

"我没事了。"

"她为什么攻击你?"

"不知道。"迪伦想起乔丹欣喜若狂地说了句"啊哈"。"估摸是在做实验吧,看看我有多像人类,她想知道我会不会流血。"

"她就不能直接问吗?"崔斯坦扬起眉毛问道。

迪伦微微一笑,举起一只手戳了戳自己的太阳穴,那里一跳一跳地疼,当她把手抽开时,她的指尖沾满了血。

"噢。"

"有些灵魂……"崔斯坦摇了摇头,没有把话说完。

"是的。"迪伦轻轻地说,"很高兴你在这里。"

"我也是,但我得走了。"崔斯坦轻轻地拍了拍迪伦的胳膊,便离开了乔丹的荒原,回到了他正在摆渡的灵魂那里。迪伦还不愿意与自己的灵魂单独相处,便通过摆渡人的能力追踪,看到崔斯坦摆渡的那个老人弯腰驼背、双腿发软,只能拖着脚走路。这就解释了他为什么这么晚还在山谷里。

迪伦深深地呼出一口气,低头看着仍然昏倒在地上的乔丹。这不是她第一次被灵魂袭击了。特别是在第一天,灵魂的情绪在这个时候最为激烈,很难预料他们会干出什么事来。悲伤、愤怒、后悔和怨恨会使人反复无常。

不过,她从来没有遭遇过这般充满恶意的袭击。从来没有人伤害她,只是好奇她是否会受伤。

乔丹的姿态看上去很别扭,尖锐的鹅卵石戳进了她的脸,胳膊以不自然的姿势压在身下。迪伦可以试着叫醒她,至少也可以给她换一个更舒服的姿势。

但她并没有这么做,而是回到了之前所坐的巨石上,等着灵魂自己醒来,等着她头部的伤口自然愈合,等着早晨到来。她努力不去想,如果她突然有权决定谁可以穿过荒原,谁不可以,那她会怎么处置乔丹。

第十五章

那二人之间短暂的眼神交流，萨利的手捧着摆渡人的脸颊……当时的情形不断在比格尔的脑海里盘旋不去。信任、爱慕和喜爱。他告诉自己，萨利那样看摆渡人并不重要，因为她看着自己的时候，也带着同样的喜悦和温暖。他想到当他去找萨利时，萨利的脸上会绽开幸福的微笑，当他带着新故事去哄她开心，她会全神贯注地关注他。

他拥有萨利的友谊，对此他非常清楚，一点疑问也没有。

但是，那个摆渡人也拥有萨利的友谊。比格尔不喜欢这样。

他想成为萨利唯一的朋友，是不是不公平？也许吧。但这并不能阻止他这么想。萨利是他唯一的朋友。他与其他审判官之间是手足情谊,但他们只是名义上的兄弟。他们有共同的目标和职责,仅此而已。现在,他们居然背着他开会,由此可见,他们怀疑他知道萨利从托儿所偷走孩子的事。

这也让他愤怒不已。他确实应该知道,因为萨利应该向他吐露心声。她居然找一个灵魂帮忙,一个有各种缺点和不足的人类的灵魂。那个摆渡人也知道吗?对此,比格尔并不确定,但他不能去问,因为他一开口就会泄露心里的怨恨,以及嫉妒和愤怒。现在他对自己承认,他感觉到了所有这些情绪。他本不该有的,他知道应该把自己内心混乱的情况上报。

但他不打算那样做。

比格尔叹了口气,眨了眨眼睛,他在家园里创造出来供自己独自沉思的空间随即坍塌。他在家园里一层又一层的空间中移动着,一直来到了他想去的地方——萨利的门外。那儿是他时刻都想去的地方。司官就在里面,他能感觉到她独特的气场。他用力地敲敲门,等待着。

过了一会儿,萨利才来开门。在看清来人是谁之前,她的脸上掠过一种近乎内疚,甚至是担心的表情。

"比格尔!"

"很抱歉来你的私人空间打扰你。"比格尔说,"但是我想,嗯……"他面露难色,"我想也许你需要振作起来。"

"我很好。"萨利立即答道,只是她的声音里夹杂着些许勉强。

"啊。好吧，既然这样，我就走了。"比格尔的嘴唇牵动起来，掠过一丝恶作剧的意味，"我相信我能找到其他人愿意听我的故事。"

"故事？等等！"萨利伸出手，在比格尔转身离开时抓住了他的胳膊。

比格尔愣住了。司官萨利很少触摸他。这位迎灵官的部分职责是安抚新来的灵魂，她有能力通过微笑、声音和触摸来诱导出灵魂的情绪。其他迎灵官的法力从不曾影响过他。他是一名审判官，是家园与来世众生的最高权威，是唯一能前往人间的司官。迎灵官、护幼官和摆渡人的法力对他都不起作用。

但萨利不一样，她让他有了感觉。

"你改变主意了？"

"我想听听你的故事。"萨利回答说，她把手拿开，近乎害羞地看着他，"请进来吧。"

比格尔在担任审判官期间，曾去过许多迎灵官的私人空间。那些地方全都一个样：窄小、整洁，没有多少家具。萨利的空间也不例外，地板、墙壁和家具都是深浅不一的白色和很浅的灰色，但这位司官在墙上挂了很多色彩斑斓的画作。他曾问过萨利这些画是从哪里找来的，还是由她亲自创作。

"它们是礼物。"司官若有所思地告诉他。

是萨利在家园迎接的灵魂送给她的礼物。

比格尔不知道其他迎灵官是否也能让灵魂对他们心存感激，还是他们也收到过这种礼物，只是并不看重，并不会挂在外面展示。但萨利这么做了，这让她的私人空间弥漫着一种比格尔只在人类灵魂的住所中才能找到的家的感觉。他很喜欢这种氛围，也很想用这样的方式来装饰自己的空间，可惜没人给他送礼物，他也知道自己画不出这种作品。

此外，他创作的画并不会让自己产生任何情感上的依恋。

要是萨利把她画的画送给他，他一定会挂在最显眼的地方。但司官从未有过这样的提议。要是比格尔主动提出来，感觉还会一样吗？

"进来，进来吧。坐下，坐下。"萨利指了指靠在对面墙上的一张长沙发。她早先的风度消失了，有些迫不及待地想听故事。"这次是什么？是书，还是戏剧？"萨利停顿了一下，眼睛闪闪发光，"难道是电影？"

"是一首诗。"比格尔说，"我背下来了，可以说给你听。你想听吗？"

萨利倒抽了一口气，还高兴地拍起手来：“噢，是的！”

"在那河的两岸，分布着一片种着大麦和黑麦的农田，麦覆盖着平野，远接长天。还有那贯穿田野间的小径，通向古堡卡默洛特……"

当比格尔朗诵这首诗时，萨利幸福地闭上了眼睛。这首诗很长，但他很容易就背了下来。只付出这么一点辛苦，就能给萨利带来幸福。他背诵到了充满悲剧色彩的最后几行，诗中女士的船到达了卡默洛特,船上唯一的乘客一动不动,没有了生命,萨利睁开眼睛凝视着他,悲伤地皱起眉头。

"这是一个悲伤的故事!"萨利指责道,"你不是说你是来让我高兴起来的。"

"悲伤吗?"

"她最后死了!"

"这是一个童话故事。一个美丽的少女,一个勇敢英俊的英雄,故事发生在中世纪的一片土地上,还有魔法诅咒。这些你都很喜欢的。"

"我确实喜欢。"萨利不情愿地承认,"但我也喜欢大团圆结局!"

"人类也喜欢团圆的结局。"比格尔若有所思地说,"依我看,这是因为在人间,大团圆结局太少见了。但话说回来,他们对悲剧结局的评价要高得多,也许是因为他们不怕揭露真相。"

"我不相信大团圆结局只出现在故事里。"

"那是因为你是一个善良、富有同情心的司官。真实的人会对彼此做出可怕的事。他们偷窃、威胁、施暴……"

萨利歪着头,陷入了沉思。

"你认为我们算不上真实的存在?"

"我……我很抱歉,萨利。我不是这个意思。"

"啊,我知道。我知道你不是故意要侮辱我。这是一个真正的问题:我们是真实存在的吗?我们会思考,我们能交谈。我们有自己的想法。"

"还有自由的意志。"比格尔喃喃地说。

"你说什么?"

"我们有自由意志吗?这是个重要的问题。我选择今天来这里,你选择在墙上挂画。"比格尔指了指那些画,有一幅他从未见过的画吸引了他的目光,那是一张潦草的人物画像。画的是萨利吗?线条歪歪扭扭,涂色杂乱无章,只能是出自小孩子之手。与其他图画相比,这幅画显得很简单,然而萨利却选择把它挂在他们坐的沙发旁边。

"这就是自由意志,不是吗?"萨利问道。

"我不知道,这是自由意志吗?我们谁也不能选择忽视自己的职责。我们被创造出来就是为了专门做一件事。你不能成为摆渡人,我也不能成为迎灵官。"

"我觉得这样也很好。"萨利咯咯地笑着说,"你要是做迎灵官可就糟了。"

比格尔笑了。被人提醒自己是多么冷漠无礼,他不禁有些难过,但萨利那愉快的笑声给了他很大的安慰。

"我们的道路早已被决定好了。"他继续说道,"这不是自由意志。"

"没错。"萨利说,"但人类灵魂也有责任要承担。他们有工作,还要养活孩子。他们不能想做什么就做什么。"

"有些人确实随心所欲。"比格尔指出。

"然而，会感到遗憾的往往正是他们！"萨利告诉他。

"你喜欢这个故事吗？"比格尔问道。他并没有打算进行刚才那番谈话。感觉就像他在和萨利争论，尽管迎灵官从来没有提高声音或表现出不满。

"我觉得很沮丧。"萨利承认道，"女郎为什么不满足于透过镜子看世界呢？她为什么非要看？她为什么一定要加入其中？"

"大英雄兰斯洛特拥有叫人难以抗拒的魅力。"比格尔平静地说，"她不能不看他。"他清了清嗓子，吟诵道，"他那宽阔清澈的额头，在阳光下闪闪发光。他的战马踏着锃亮的蹄子。他策马从古堡卡默洛特疾驰而来，头盔下乌黑的鬈发飘逸不凡。"

"他是个英俊的男人？"萨利问道，"难道这就值得毁灭？值得献出生命？"

"这就是爱。"比格尔说。

不管萨利想回答什么，比格尔这短短的几个字都阻止了她。

"啊，是的。"萨利说，"爱。这就是他们的动力，不是吗？为什么他们的目标如此之高？为什么他们的坠落如此之深？我以前从来都不懂。为什么要为这无形的东西冒这么大的风险？爱是这么模糊、混乱，充满了不确定。"

"你从来都不懂？"比格尔问道。他的心脏在胸腔里剧烈地跳动着。

萨利悲伤地笑了笑。

"我爱托比。"她说,"我告诉自己,我只是在他的妈妈到来之前照顾他……他是个开心果。他对我微笑,对我很依恋,而我唯一想做的就是靠近他。我几乎开始怨恨我的工作,因为在履行职责的时候,我就无法待在他身边。"萨利摇了摇头,"我现在才明白自己错得有多离谱。我在这里履行一项重要的职责,迎接刚刚来到荒原的灵魂。我不能让任何事情分散我的注意力。"

萨利的话听起来有些不对劲。

"你真的相信吗?"比格尔问道。

萨利注视着他的眼睛,与他对视。答案就在司官的眼睛里,一清二楚。然而,从她嘴里说出来的却是谎言。

"是的。"

萨利不肯向他吐露心里的秘密,这对比格尔来说是一个沉重的打击。萨利用伪装遮住了自己最真实的想法,甚至对他也一样。

她会把心里话告诉摆渡人迪伦吗?比格尔无从得知,他当然也不会问,但一个阴险微弱的声音在他脑海深处低声说"是的"。那个声音还奚落他说萨利把向他隐瞒的秘密全都告诉了那个摆渡人。他咬紧牙关,用鼻子深深吸了一口气。

"如果可以,你会像他们一样吗?"他问道。

萨利睁大眼睛盯着他:"我不确定这个问题应不应该讨论。"

"我观察过他们,我看到过他们是如何去爱的。"比格尔接着说,

"不只有家人之间的爱,还有恋人之间的爱。我见过他们都在努力寻找爱情。"

"那太危险了。"萨利低声说,"这会让他们做出可怕的事。"

"这也让他们做出了很棒的事。"比格尔答道,"他们会为此写故事、创作音乐,还会作画。"他伸出手,轻轻拍了拍萨利的膝盖,"你不想知道那是什么感觉吗?"

"不想。"萨利马上就回绝了,"那种感情太过危险。"

比格尔把手抽回来,攥成了拳头。他手掌上的皮肤感觉像在燃烧。他不知道自己该怎么办,只知道必须逃离,于是他站了起来。

"我得走了。"他说,"我还有工作要做。"

"啊。"萨利也站了起来。她看起来很不自在。她伸出手,仿佛要去拽比格尔的袖子,他连忙后退了几步。萨利把手收回来,蜷缩在胸前。"谢谢你来看我,还给我带来了故事。"

"下次我会尽力带一个你喜欢的故事来。"比格尔略显生硬地说。

"噢!"萨利悲痛地皱起了眉头,"让你产生了这种想法,我不是故意的!"

他必须离开了。被拒绝的感觉就像指甲在刮擦他的神经。比格尔用力地点了点头以示告别,便消失不见了。

第十六章

迪伦把船推向岸边,船底刮擦着鹅卵石。乔丹站在一旁看着,目光叫人难以揣测。自从袭击迪伦后,她几乎没怎么说话,当然也没有道过歉。迪伦有一种可怕的感觉,总觉得她又在策划着什么。她现在知道摆渡人会受伤,会流血。接下来呢?是不是要看看他们会不会死?

这似乎很荒唐。灵魂在悲痛的驱使下也曾对迪伦拳打脚踢、尖叫不止,但那些灵魂一直在痛斥命运的不公。乔丹就不一样了。她被病态的好奇心所吞噬,为了满足这种好奇心,她什么事都干得出来。迪伦盼着尽快摆脱她,却也不愿意和她一起去开阔的水域。

她们并没有讨论去湖里游泳的事。迪伦总感觉乔丹会玷污湖水。把它从干净纯洁变得混浊不祥。她把船推到岸边,向乔丹打了个手势。

"跳进去。"

乔丹站在那里,没有回应,迪伦开始怀疑是否必须用命令的声音才能让灵魂移动,这时乔丹突然冲上前,跳进了船里。她没有理会那两条小板凳,而是坐在正中央,这下她占据了船里的大部分空间,尽管她是个只有五英尺高的苗条女孩。

迪伦使劲儿把船往前一推,自己随即一跃进了船里,动作流畅而熟练。在这个过程中,她的一只脚沾到了水,水直没到脚踝,浸湿了她的鞋子、袜子和裤腿底部,但天气很热,她并不介意,到达对岸就会干了。

如果乔丹没想把她扔下船的话。

"你得坐到那边去。"她指着对面的长凳对灵魂说,"不然船桨一动,就会碰到你。"

乔丹看起来并不打算动,但等到迪伦划桨时,沉重的木桨会不断撞击,显然是一个足够强大的威胁。就这样,待到迪伦把两支桨放在孔眼里,乔丹已经过去坐好了。她看起来很暴躁,先是盯着迪伦,又盯着湖面。

迪伦决定不去管乔丹为什么烦恼,自顾自划起船来。通常,她很喜欢这一部分。她喜欢肌肉燃烧的感觉,喜欢用力挥桨,喜欢船服从她的命令,喜欢水不得不为她让路。但在今天,她却觉得这个过程漫长而艰苦。她只想快点划到对岸去。

她想尽快把乔丹交给迎灵官。然后，她就可以去接下一个灵魂了，那些灵魂不会让她在警惕之下起一身鸡皮疙瘩，也不会让她脖子后面的汗毛直竖起来。

"我怕水。"

这句话来得太突然了，迪伦差点儿弄掉了桨。她盯着乔丹，惊讶于乔丹的坦白，也惊讶于乔丹居然会向自己倾诉。

"小时候，表哥在我洗澡时把我按在水里。他说他只是开玩笑，但他不是。我打碎了他的机器人玩具，他很生我的气。那时我才4岁。"

"我很……抱歉。"迪伦回答。

"无所谓了。"乔丹拒绝了迪伦并非发自真心的同情，"从那以后，我就不喜欢待在能淹过我头顶的水里。浴缸，游泳池，河流，通通不喜欢。"

"这是可以理解的。"迪伦这次试图让自己听起来更有同情心一些。

乔丹翻了个白眼，然后她的脸上出现了另一种表情，仿佛她沉湎在往事中，体会到了邪恶的快感。

"你知道，这就是我把斯蒂芬推下去的原因。我想面对自己的恐惧。"

"你要面对恐惧，必须自己下水才行。"迪伦指出。她还没来得及阻止，这些话便脱口而出，但她并不想收回。

乔丹想治愈童年的创伤，便剥夺了一个男孩的生命？这是不可原谅的。此外，即便这是事实，也只是其中的一小部分。迪伦拥有乔丹的记忆。她可以透过灵魂的眼睛看到乔丹站在斯蒂芬身边，看着他挣扎，然后沉入水下。乔丹很享受。

"是的。"乔丹耸耸肩，丝毫不知羞耻，"这起作用了，所以……"

"是吗？"

"是的。"灵魂拿出了戒备的姿态盯着迪伦，还噘起了嘴。

"那么，如果你愿意，你现在就可以跳进湖里。你不会害怕吧？"

"我愿意的话，当然可以跳！"

"是的。"迪伦的语气很温和，但她知道自己的脸上写满了怀疑。

"我可以把你扔进水里。"乔丹威胁道，试图在谈话中占据上风。

迪伦耸耸肩，毫不在意："我会游泳。"

"如果我不让你回船上呢？"

她们现在离岸边已经很远了，这段距离足以让游泳健将犹豫不决。

"如果有必要，我可以游到湖对岸。"迪伦回答说。这是实话。游过这段水域对她而言不在话下，但她不能抛下自己的灵魂。然而，乔丹并不知道这一点。"你自己能划到湖对岸吗？"

也许不行。乔丹脸上的表情就是这个意思。迪伦看到了一丝不安，然后灵魂露出满脸怒容，掩饰了过去。

"赶快过去吧。"她恶狠狠地说，"我受够了这个愚蠢的地方。"

那真是太好了，迪伦心想。她更紧地抓住船桨，推动桨划过水面，水面上荡起阵阵涟漪。

到达对岸后，乔丹在船里一动不动，手紧握船舷，指关节都发白了，直到迪伦把船拖出水线。等到乔丹爬出船，鞋子踩在干卵石上嘎吱作响时，她脸上放松的表情清晰可见。

如果是其他灵魂，迪伦会安慰几句。但现在，她只是把头转向从湖边延伸开来的小路。

"走这边。"

此时，从湖边到荒原边缘去见迎灵官的路走起来好像没完没了。她们默默地走完了这段距离，迪伦稍稍走在前面，这样就不必与乔丹对视，被扯入任何形式的谈话，但她也看不到灵魂的表情，不知道她在想什么，更不知道她在耍什么心机。这感觉真像把某种危险的动物带到家园，准备释放它来造成破坏。她尽量不为此感到内疚，她是来这里工作的。仅此而已。

但肯定会有某个地方的某个人负责考虑这些事情吧？对吧？

良久，她一直望着地平线寻找萨利，当迎灵官终于出现的时候，她不禁感到既宽慰又失望。迪伦很高兴自己对乔丹的责任告一段落，她本来很希望把这个灵魂移交给其他人。可就像对湖水的感觉一样，她不愿看到乔丹让萨利那闪闪发光的善良蒙上一层阴影。

这么想实在有些愚蠢，毕竟萨利与各种各样的灵魂打过交道，很可能接待过比迪伦摆渡的年轻女孩更危险、更堕落的灵魂。尽管如此，这还是迪伦第一次把一个邪恶的灵魂带往家园。她觉得无论乔丹做什么,她都负有责任,尽管她别无选择,只能带领她穿越荒原。

"乔丹·沃尔特斯,欢迎来到家园。"萨利热情地对着灵魂微笑,头微微偏向一侧,她的肢体语言是那么开放,那么亲切。没有任何迹象表明她了解乔丹的本来面目,也没有任何迹象表明她对允许这个灵魂进入家园持有保留意见。迪伦很清楚,萨利拥有所有关于灵魂的信息,就和她摆渡灵魂时所得到的信息一样。迪伦觉得自己很了解这位迎灵官,深知萨利明知那些事,但不会表现出来,此时,除了萨利通常表现出来的同情和温暖,她看不到任何东西。

"你是谁?"乔丹问。她故意不露声色地看着萨利。尽管迎灵官没有威胁,但乔丹的肢体语言还是透露出她很紧张,并且已经做好对抗的准备。

"我叫萨利。我在这里欢迎你。"

"是的,但你并没有回答我的问题。"

迪伦感到自己顿时怒不可遏。乔丹太粗鲁了,居然这么嚣张。萨利不该面对她这样粗暴的言语和怀疑。然而,迎灵官似乎并没有被乔丹的敌意所困扰,她只是微笑着接受了一切。

"我是家园里的众多司官之一,我们的职责是维持家园的运行,接收穿越荒原来到这里的灵魂。我的具体工作是迎接灵魂来到家园,并解释这里的情况。我还可以帮助灵魂寻找已经去世的家人或朋友,帮助他们团聚。"

乔丹的眼神突然变得明亮:"你能找人?"

"是的。"萨利确认道。她停顿了片刻,又道,"当然,前提是那个灵魂愿意再见到你。"

"啊。"乔丹失望地噘起了嘴。

迪伦看了看灵魂,又看了看萨利,目光在她们之间徘徊。萨利的表情中没有任何暗示,但迪伦愿意打赌乔丹想找的是斯蒂芬。如果她有什么可以赌的东西。

"请到这边来。"萨利说着走到一边。

"现在你到了。"迪伦立即说,免得自己被要求跟乔丹和萨利去记录室,"我就可以交差了。"

她正要退后准备离开去接下一个灵魂,但萨利举起一只手拦住了她。

"等等,迪伦。请稍等一下。我有件事想和你谈谈。"

"啊。好吧。"迪伦遭到阻拦,只得尽力掩饰自己的失望,跟着她们穿过了大门。

记录室里比较忙碌,不过并不让人觉得局促。这个空间可以随意膨胀、收缩、扭曲,以满足各种需要。要是只有一个灵魂,这里可以像个舒适、安静的书房,要是一下子来了很多,这里可以变成宽敞的大厅。记录室还可以形成壁龛和狭窄的走廊,以提供私密空间。在迪伦看来,这片空间似乎拥有感知能力,最起码是有同情心的。

"玛德拉。"萨利向一个安静地站在桌旁的迎灵官喊道,她的面前摊开放着一个记录簿,但身边没有灵魂。

玛德拉立刻看了过来，脸上自然而然地浮现出了一抹笑容。她朝她们三个走了过来，脸上流露出礼貌的兴趣。

"这位是乔丹·沃尔特斯。你能不能继续为她介绍一下家园？"

"当然。"玛德拉立即表示同意，没有丝毫犹豫，但她的眼睛里写满了疑问。

迪伦理解这种困惑，萨利为什么要把灵魂交给别人？

"谢谢你。"萨利没有解释，她转身背对玛德拉，示意迪伦跟着她去一个安静的凹室，待到她们走近，凹室变得更深，对面的墙边出现了一张舒适的长凳，离记录室的其他部分足够远，无论说什么别人都听不到。

"怎么了？"刚坐下，迪伦就问道，"出什么事了吗？"

"稍等一下。"萨利说。她没有坐在迪伦旁边的空间里，而是焦躁不安地徘徊着。她刚刚那镇定自若的神情不见了。迪伦看着她搓着手指走来走去，好像无法站住不动。

"你是在等什么吗？"迪伦问，然后恍然大悟，"还有人要来？"

她这句话刚一说出口，萨利所等的人就出现了。迪伦感到一阵凉风吹来，凹室变成了一个封闭的房间，现在记录室的其他人都看不见他们了。

来的是一位审判官。起初，迪伦以为是她以前见过的那个审判官，就是去过萨利私人空间的那位，但不是。眼前这位毫无表情，鹰钩鼻子上方有一对漆黑的眼睛，但他不像那天那个审判官那样有着令人生畏的额头，也没有抿着嘴闷闷不乐。萨利说那个审判官叫什么名字来着？对，是比格尔。

"斯特恩。"萨利向审判官打招呼，"谢谢你能来。"

斯特恩瞥了一眼迪伦，然后把注意力放在萨利身上。

"你召唤我来有什么事？"他的语气里没有暖意，也没有友善。他的询问礼貌却冷漠。

"是的。当然。"萨利似乎有些慌乱。迪伦默默地看着，她和斯特恩一样一头雾水。"是这样的……"萨利望着斯特恩的眼神只能用充满希望来形容，还充满了恳求，"时间到了。"

斯特恩稍稍把头歪向左边，端详着萨利。

"已经告知过你，不可再有任何联系。"

"我没有！我遵守了诺言。只是……我一直在关注他的母亲。"

咔嚓，咔嚓，咔嚓。所有的小碎片都拼凑在了一起。迪伦还记得，迎灵官萨利曾紧紧地握住她的手，请求她负责把托比的母亲摆渡过荒原。

迪伦无法决定摆渡哪个灵魂，她也告诉过萨利这一点。现在看来，迎灵官找来了一个能做主的人。

斯特恩又瞥了迪伦一眼，他的一条眉毛向上挑起，尽管他的反对与自己无关，迪伦还是感觉到自己的心猛然往下一沉。接着，他把目光转向萨利。萨利顿时脸色煞白，但仍坚持立场。

"她就快要去世了。"

"是的。"

"你把这个摆渡人带到我面前……"

"我希望由她来摆渡。拜托了,这对我很重要。"

"把任务交给哪个摆渡人,根本无关紧要。所有摆渡人都会确保灵魂安全来到家园。"

迪伦也是这么对萨利说的。

"我知道……我确实知道。只是……"萨利睁大眼睛,乞求地望着审判官,后者则面无表情地盯着她,"希望你能帮我这个忙,斯特恩。我知道我不该求你的,我也知道自己所做的一切都不应该。但我无法不去关心,那种感情太强烈了,就像你有着根深蒂固的判断力一样。如果能这样安排,我就能放心了。假如任何摆渡人都能做这份工作,那迪伦正好就在这里,正好有空,把任务交给她又有什么关系呢?"

斯特恩好一会儿没有回答。他盯着萨利,目光凝重,思索着萨利的话。萨利没再说什么,只是用清澈的眼睛望着斯特恩。最后,审判官叹了口气。

"那好吧。"

眨眼之间,他就来到了迪伦面前。她还没来得及站起来,一只沉重的手就压住了她的肩膀,接着,她便被拽出记录室,穿过了家园层层的空间,她感觉自己的五脏六腑都在翻腾。

第十七章

对海伦来说，死亡的感觉便是在温暖的床上昏睡过去。前一刻，她还能听到周围有人在窃窃私语，下一刻，她就像被一只安静、舒适的茧包裹住了。她沉浸其中，那么久以来折磨她身体的疼痛消失了，她感到如释重负。

原来，终结便是如此。仿佛进入了舒适的虚无当中。这很好。

她没想到自己会睁开眼睛。她当然也没想到自己还在病房里，儿子们守在她身边。罗伯特静静地坐着，大卫用手帕捂着脸抽泣。没有仪器设备的嗡嗡声，海伦看了看旁边，发现屏幕都关闭了。

她坐了起来，因为她突然发现自己能动了，而罗伯特和大卫都没有吃惊地倒吸一口冷气，也没有做出任何其他举动。她轻轻地下了床,故意没有回头。她会看到什么,一张空床,还是躺在那里一动不动的尸体?哪种情况更糟呢?

最好不要知道。

现在怎么办?要去哪里?海伦深吸了一口气,这时才注意到房间里还有一个人。

不是护士,也不是医生。那是一位留着棕色长发的年轻女子,表情严肃而坦率。她的双手在身前紧握,直勾勾地盯着海伦。她能看见她。

"你好,海伦。"她说。她的声音低沉柔和,脸上浮现出一丝微笑。"我叫迪伦。我是来接你去家园的。"

海伦的心在胸口剧烈地跳动着。曾经那次奇怪的经历突然又浮现在了她的脑海中,而她一直都以为那是发烧引起的迷梦。

"你的儿子在等你。当你到了来世,你就可以再见到他了。"

"你是来带我去见我儿子托比的吗?"

有那么一会儿,女孩迪伦露出了惊讶的神情,但她点了点头:"是的。"

海伦深深地吁出一口气。"竟然是真的。"她震惊地笑了笑,"他真的来过。"

迪伦皱起了眉头:"谁?"

"不久前有人来找过我。我还以为自己是在做梦,但现在你来了。"海伦摇了摇头,"你也可能是一个梦。"

"我不是梦。"

"你当然会这么说,不是吗?"

迪伦耸耸肩:"我是你的摆渡人,来带你穿过荒原前往家园。总有一天,你会发现这不是梦。"

"也许这是个没有尽头的梦。"海伦反驳道。

迪伦想了想,然后苦笑了一下:"假如真的没有尽头,那它是不是梦,还真的重要吗?"

"不,我想不重要。"

"跟我说说来见你的人是什么样的吧。"迪伦追问道。

"起初我以为他是死神。他看起来确实像死神。高个子,黑衣,周身散发出……不祥的气息。只缺了一把镰刀而已。"

海伦全神贯注地回忆着那个怪人,差一点便没有注意到迪伦脸上不可置信的表情,不过她很快便掩饰过去了。

"他对你说了什么?"

"他告诉我托比在等我。他说过了这么久,他还是个婴儿,他在等我回家,只有这样他才能长大成人。"

"他这么告诉你的?"迪伦的声音里充满了惊讶,"他告诉你他的名字了吗?"

"我……我想没有。"

"斯特恩。是不是斯特恩?"

"不……不是。"海伦摇了摇头,"我可以肯定他没有透露自己的名字。"

"嗯,他是对的。你儿子在等你,我是来带你去见他的。"

啊。海伦满心欢喜,幸福的感觉在她的全身蔓延开来。经过了那么漫长的岁月,她仍然记得托比的脸。他的脸颊胖乎乎的,一双眼睛闪闪发光。他还不会说话,但他的笑声很清脆!所有的记忆都安全地埋藏在海伦的记忆当中,没有磨损,也没有褪色,尽管她曾无数次把脑海里的那些画面找出来重温,或许正因如此,那些记忆才不曾消失。

"我准备好了。"海伦向前走了一步,却又有些犹豫,"如果现在回头看,我会看到自己吗?我会看到自己的尸体吗?"

迪伦的视线越过海伦的肩膀,向床上看过去。当她的眼神再次与海伦的目光相遇,她的眼睛充满了智慧,在她那没有皱纹的脸上显得太过苍老。

"别回头看,"她轻声说,"是时候往前走了。"

"你说得对。"海伦答道。

向前走,去找她的小天使,他一直在等她,等得太久了。这里没人需要她,没人真正需要她。他们的确希望她留下来,但这不是一回事,不是吗?托比需要她。此外,她也需要他,来修补她心中那个被自己掩盖了太久的深洞。

迪伦指了指病房的门,稍作停顿后,海伦径直走出了房门。

迪伦跟着灵魂走进了走廊,她的心在胸口剧烈地跳动着。这里的情况很不对劲。毫无疑问，海伦所描述的来访者是一位审判官。会是斯特恩吗？可能性很大，毕竟他与这个非同寻常的情况有关，然而，一段记忆突然在迪伦的脑海里冒了出来。那天，一位审判官出现在萨利的门外。萨利说他叫什么来着？比格尔，就是这个名字。迪伦很少与审判官交往，即便是现在，她也不清楚他们的名字。她认为可能是他们中的任何一个，但斯特恩和比格尔似乎都与萨利有往来，而迪伦现在摆渡的灵魂对那位迎灵官来说意义重大。

迪伦感到胸口有一种紧紧揪着的感觉，这是从未有过的事。她意识到这是压力。这次不光是摆渡灵魂那么简单，不是随机分派，迪伦把灵魂送到家园就可以抛诸脑后。这个灵魂与迪伦为数不多的朋友之一有着密切的联系。对迪伦来说，让海伦顺利、舒适、安全地穿越荒原非常重要。每个灵魂都有这样的待遇，虽然比起其他灵魂，有些灵魂在穿越时情绪波动很大，但突然间把海伦快快乐乐地送到萨利那里，对迪伦而言变得意义重大。不知何故，仅仅因为她希望自己顺利完成任务，就让事情变得比平时困难得多。

迪伦斜眼看了海伦一眼，觉得应该跟她闲聊几句，但她的头脑突然一片空白。她想继续打听打听来找海伦的那个人，但老妇人已经把所知的一切都告诉她了。她想谈谈托比，谈谈托儿所，解释一下萨利都做过什么，好让那孩子在等待母亲期间的生活更容易忍受，但这是不被允许的。她强忍住开口的冲动，对这种沉默感到不安，却又不知道该如何打破。

海伦代替她做到了。当她们走出医院来到街上时，老妇人仰起脸，让阳光倾泻在她身上。她闭上眼睛，脸上挂着幸福的微笑。

"好几个礼拜以来，我一直望着窗外的阳光。"她轻声说，"我从没想过自己还能再次感受到它的抚触。"她微微睁开眼睛，看着迪伦："不过，我想这不是真正的太阳吧？"

"这是我所知道的唯一的太阳。"迪伦说，不愿意给出肯定的答案，"感觉真实吗？"

"是的。"

"那就足够真实了。"

海伦想了一会儿，然后点了点头："你说得对。"她叹了口气，低下头，把一只粗糙的手伸到面前，肿胀的指关节上的皮肤随着年龄的增长都变得半透明了。"有一点感觉很不真实：身体上的疼痛突然全都消失了。而我明明还能看到因为上了年纪，再加上关节炎，我的身体扭曲变形，变得又老又丑。"

"你已经把肉身抛在后面了。"迪伦提醒她，"你现在所看到的一切，都是你思想的投影。这就是你对自己的看法。"

"我希望能看到以前的自己。"海伦喃喃地说。

"你还记得自己以前的样子吗？"迪伦犹豫了一下，但还是说了出来，"你还记得你生托比时的样子吗？"

"啊，是的。"海伦回答道。她的笑容变得有些伤感，"那是很久以前的事了，但在某些方面，那就好像是昨天。现在想想，我仍然能感觉到他在我怀里的重量。"

海伦的声音随着悲伤的记忆变得哽咽起来。迪伦很生自己的气，不禁皱起了眉头。她并不是有意要让灵魂难过的。

"想象一下。"她说，决心让谈话回到正轨，"闭上眼睛，想象一下你当时的样子。你的脸，你的头发，你的身体，还有你那时穿的衣服。尽可能清楚地想象一下。"

海伦再次闭上眼睛，迪伦知道她看到了什么。她拥有灵魂所有的记忆，可以看到她站在那里，注视着镜子，焦虑不安地看着自己凸起的小肚子，新生的婴儿在她身后的摇篮里。她可以看到海伦的头发编成长辫子缠在头上，身着一件宽松的连衣裙，这衣服是为了遮住她的身体，直到她的体形恢复正常。她很疲惫，眼睛下方有很重的眼袋，每次她看着镜子里的婴儿床，脸上都会浮现出骄傲的微笑。

"那就是你。"迪伦轻声说，"那是你，与躺在病床上等我去接的海伦是同一个人。你现在自由了，你是一个脱离了时间束缚的灵魂。如果你愿意，你可以再做年轻的海伦。"

她不常这样做。这并不违反规定，但大多数灵魂都是以他们离开时的样貌穿越荒原的。迪伦不知道他们是否会发现，或者是否能从别人那里得知他们抵达家园后可以选择做任何时期的自己。但海伦了解自己的未来，她知道她要去接一个婴孩，也许回到过去，岁月的痕迹能从她的脸上消失，她可以更容易实现转变。

现在尝试还太早。海伦刚刚离开人间，她的思想还在波动之中，但她已经活了很长时间,一直在等待死亡的来临。后来,有人来找她,让她做好准备,当她在人间的日子变得暗淡无光,来世的生活则在等待着她。

试一试也无妨。假如她的思想尚未准备好,那什么都不会改变。就在迪伦这么想的时候,她看着海伦站得更直了一点,看到她的身体变得更为结实,也更圆润了。她看着岁月的痕迹慢慢消逝,最后,一个可能只比她大一两岁的女人站在她面前。海伦睁开眼睛,迪伦发现发生变化的并不只是海伦的身体,海伦的目光中也出现了一种此前不曾有过的准备就绪的光芒。

"我想见我的儿子。"她说。

"一定会的。"迪伦保证道,"我现在就带你去见他。"

"太好了。"海伦答,"他等得够久了。"

第十八章

这次,比格尔是第一个到的。他决心一个字都不错过,也不会放过任何低语或意味深长的眼神。审判官之间很少会面,通常情况下,他们见面的感觉就像兄弟相聚。今天他却感觉自己像是要上战场。兄弟们每到一个,他都会恶狠狠地瞥他们一眼,朝他们投去怀疑的目光。他们中有谁曾公开反对过他?他们中有谁出卖过他?

斯特恩是最后一个到的。他环视了一下房间,轮流与每一位审判官目光相接,算是打招呼致意。比格尔隐去了自己脸上的任何表情,准备迎接斯特恩的目光。当他们的目光短暂相遇时,他审视着斯特恩的一切:他的眼神,他的眉头,他的嘴巴,以及他的肢体语言。看得出来,斯特恩从未泄露过他们之间说过的话。即便其他审判官看着他们,也看不出任何不妥。

但比格尔看得出来。他知道,斯特恩是来对付他的。

"比格尔。"从他左边传来的一个声音分散了他的注意力。托尔斯腾浅浅一笑,这在审判官之间可以说是热情的问候了。即使满心怀疑,比格尔还是迫使自己做出了回应。为什么托尔斯腾要单独与比格尔打招呼?这位审判官倒向斯特恩那边了吗?他现在是想弥补吗,还是想骗取比格尔的信任,哄他吐露秘密,透露一些托尔斯腾可以向斯特恩报告的消息?

你太多疑了,他对自己说。

但这并不是多疑,他深知这一点。由于某种原因,他被孤立了,现在他是孤军奋战。他们的计划是什么?比格尔不知道,但他不打算让其他审判官赢得他们决定玩的任何游戏。

"有没有工作上的事要谈?"斯特恩问,使会议恢复了秩序。大家的注意力提高了,却依然悄然无声。

看看你,比格尔在心里愤怒地对斯特恩说。你自视为领导者,是谁任命你的?你有什么比托尔斯腾强的地方?又在哪些方面强过列夫?你有什么长处可以超过我?

"有件事我很担心。"列夫向前半步说。

"你可以发言。"斯特恩彬彬有礼地回答。

比格尔感到一阵厌恶。他想问斯特恩有什么权力主持会议,但他没有说话,现在还不是撕破脸的时候。

列夫环顾四周，确保所有人的注意力都在他身上。当然，这一点毋庸置疑。比格尔把目光从斯特恩身上移开，正好碰上列夫的目光，确认他也在听。

"最近有个摆渡人和灵魂发生了冲突。那个灵魂设下陷阱，企图伤害摆渡人。"

"灵魂成功了吗？"斯特恩问道。

"假如你继续听下去，也许列夫会把全部细节都讲出来。"比格尔反驳道。

比格尔说完后，很长一段时间都没人说话，空气中弥漫着惊讶的气氛，直到这时，他才意识到自己竟把这话大声说了出来。他把嘴唇抿在一起，确信道歉只会使情况更糟。

"灵魂没有成功，因为另一个摆渡人介入了。"

一阵沉默来袭。

"另一个摆渡人干预了与他职责无关的灵魂？"托尔斯腾问道。

"是的。"

"他为什么这么做？"他皱起眉头，迷惑不解。

"因为友谊。"列夫说，"这两个摆渡人在许多场合交谈过。"

这次轮到比格尔皱眉了："摆渡人不需要交谈，也能完成各自的职责。"

"没错。"列夫说，"因此我才说这件事叫人担忧。我还没跟这两个摆渡人谈过。我的问题是，我应该去找他们谈吗？"

"那个灵魂如今在哪里?"斯特恩问道。

"她在家园,处在严密的监视中。她是一个恶毒的灵魂,是一个不受欢迎的新增人员,但在这件事之中,她并不重要。"

"重要的是摆渡人。"斯特恩赞同道。

"他们的友谊影响到他们履行职责了吗?"托尔斯腾问道。

"没有。"

"影响到他们与灵魂的互动了吗?"

"没有。除了这件事,这两个摆渡人和对方的灵魂之间没有任何接触。"

"我知道了。"托尔斯腾答,"那么,我的问题是,我们是否需要加以阻止?"

"这就是我来这里的原因,"列夫平静地说,"就是为了确定这一点。"

审判官们考虑这件事时,大厅里一片寂静。比格尔试着把心思放在眼前的问题上,但说实话,他并不在乎。他的脑子里容不下冷静的推理,只有强烈的怒火在燃烧。他感觉怒气从身体里散发出来,他恨不得朝房间里的人大喊:他很清楚他们在密谋算计他。他想要宣布,他们无论有什么推翻他的计划,都不可能成功。

他强压下内心的冲动,整个人陷入一种空虚的麻木,这是他最接近平静的状态。其他审判官的声音像是从很远的地方传来的。

"这似乎并没有害处。"托尔斯腾评论道,"当然,问题在于是否允许这种情况持续下去。"

"以及我们是否乐于见到这种情况扩散。"斯特恩补充道,"假如允许这两个摆渡人成为朋友,结成纽带,其他人是否会效仿?他们会创造出自己的关系网吗?那之后会怎么样?"

"也许什么都不会发生。"伊尔萨轻声说,随即又道,"但也可能引起翻天覆地的变化。"

"未来无法预测。"卡雷表示同意。

"但我们可以阻止未来发生。"斯特恩并不赞同,"如果我们现在就行动,如果我们能阻止这种情况蔓延,就可以。"

"我们也在这里会面。"托尔斯腾指出,"我们也会交谈。"

"但我们讨论的是有关家园与荒原的问题。"斯特恩说,"我们会面,不是为了满足情感的需求。我们不是朋友。"

"摆渡人有着不同的职责。"托尔斯腾说,眉头微微皱了起来,"他们要在灵魂遭遇重创的时刻与他们互动,还要让灵魂以稳定的状态进入家园。这就要求他们更人性化。"

"他们的职责只是把灵魂带到家园。"列夫发表不同意见,"抚慰创伤,是迎灵官的职责。"

比格尔并不同意。如此贬低摆渡人,说他们的职责只是向导,就是忽视了他们最大的技能,以及最大的价值。他们要接触与人间割裂的灵魂,让他们脚踏实地,带他们走上通往未来的道路。他们必须怀有同情心,能感同身受,方可做到这一点。他们必须具有人性。

然而，他没有说出这个想法。他的嘴唇像是被粘得紧紧的，不允许任何话从嘴里冒出来。

"我认为我们并不乐于见到这种情况扩散。"斯特恩说，"变化会带来不可预见的结果。我认为我们不应该冒险。大家同意吗？"

尽管是列夫提出了这件事，却是斯特恩说了算。又是这样。比格尔满脸怒容，用鼻子深深地吸了一口气，再一次寻找能让他站着不动、保持沉默的麻木感觉。

"同意。"卡雷说。

伊尔萨点头表示同意，他的表情若有所思。

"同意。"列夫说。在这个问题上，他似乎并不在意斯特恩取代了他的位置。那他有没有注意到呢？

"托尔斯腾？"斯特恩问道。

"我服从大多数人的意愿。"托尔斯腾说。

斯特恩点了点头，示意听到了他的意见，然后他看着比格尔。

"比格尔？"

有许多话要从比格尔的嘴里往外冒。他努力把它们强压下去，拿出平时那种低沉沙哑的声音，嘟囔了一句"同意"。

"很好。"斯特恩点了点头，事情就这么定了。他看向列夫："那两个摆渡人叫什么名字？"

"崔斯坦和迪伦。"列夫说。

第一个名字在比格尔耳边响起……他以前听过这个名字吗？也

许吧。这对他来说毫无意义,他甚至想象不出那个人的样貌。然而,第二个名字却像锣声一样响亮。

迪伦就是那个进入萨利私人空间的摆渡人。

萨利曾深情地望着她。

"迪伦?"斯特恩皱着眉头重复道。在大多数审判官注意到之前,他的眉头便松开了,但这没能逃过比格尔的眼睛。这个名字对斯特恩来说也很重要。

斯特恩也知道萨利和迪伦之间的友谊,或者说她们之间的关系吗?他是不是也嫉妒得要命?他是否有意发展自己与那位迎灵官的关系?

比格尔没有证据,但突然间,他确信自己是对的。这就解释了斯特恩为什么要把他排除在外。审判官斯特恩视比格尔为威胁。要想打倒比格尔,绝对不可能。萨利的感情必须属于他,而不是斯特恩。

他会确保这一点不会改变。

"我会找那两个摆渡人谈谈。"斯特恩说,打断了比格尔那翻腾的思绪,"我还有一件事要向你们汇报,然后我们就可以返回各自的岗位了。"

比格尔的耳边嗡嗡作响,他很难听见斯特恩的声音。他渐渐控制不住自己躁动的情绪了,他很清楚,如果会议继续下去,他内心的想法肯定会暴露。

"有关那个迎灵官和婴孩的事……"

比格尔感觉一切都静止了。斯特恩说的是萨利。比格尔甚至不喜欢萨利出现在那个审判官的思想中,更不喜欢他谈到萨利。之前斯特恩怀疑比格尔参与了萨利偷走孩子的事,但一想到萨利在斯特恩的心里占有一席之地,那就不算什么了。

"我知道这个问题已经解决了。"托尔斯腾立即说道。他瞥了比格尔一眼。他的目光里写满了内疚,但比格尔并不在意。随他们怎么想吧。现在他觉得自己已经和他们疏远了,根本不在乎他们的意见。

"是的。"斯特恩表示同意,"这件事很快就将彻底了结了。孩子的母亲最近在穿越荒原,她和一个摆渡人一起前往家园。很快她就会把孩子从托儿所接走,到时候他们就可以再续中断了的母子情了。"

"谁负责摆渡那个灵魂?"伊尔萨问道。他这个问题里只夹杂着一丝兴趣,不过是一时的好奇而已。

过了一会儿,斯特恩才回答。

"迪伦。"他说。

比格尔没有等到会议结束。他眨眼就消失了,过了一会儿又出现在记录室里。他扫视了一下这片忙碌的区域,有很多新来的灵魂,迎灵官们则在帮助他们完成过渡。这倒没有什么特别之处,毕竟最近一直都很忙。人类继续以惊人的速度增长。家园可以成倍地扩大,不断地变化和调整,以接纳新来的灵魂,但不断地涌入必然会产生严重的后果。无所谓。比格尔现在不关心这个。迎灵官们小心翼翼地看着他，纳闷为什么会有审判官突然出现在他们中间。他没有理会他们。他的眼睛四处扫视，寻找着萨利熟悉的面容。

她不在这里。

他感到怒火中烧，突然确信萨利正和迪伦在某个地方甜甜蜜蜜，一时忘记了那个摆渡人目前正在护送托比的母亲穿过荒原。他决心当场抓住她们，于是立即消失，又出现在萨利的私人空间里。

像这样突然出现在萨利的客厅里，实属粗鲁无礼。以前，他在那位迎灵官面前始终表现得完美无缺、彬彬有礼，但是比格尔已经不在乎自己是否逾矩了，他已然失去了理性。他突然出现在房间中央，拳头握得紧紧的，准备释放心里的怒气。萨利瞪大眼睛盯着他，看着他在门和沙发之间收住了脚步。这个空间里没有其他人，只有萨利。

"比格尔。"她轻声问道，"你……还好吗？"

"是的。"他咬着牙说，不过这显然不是事实。

"不，你并不好。"萨利走到比格尔面前，脸上流露出关切的神情，"发生了什么事？"

"你……你……"他说不出话来，感到全身瘫软。激动的情绪在他的全身扩散，让他无法动弹。他的脉搏剧烈地跳动着，就像一个警报信标，淹没了他的思想。

"天哪，"萨利轻声说，"你在发抖。"

她伸出一只手，握住比格尔的胳膊。尽管隔着他的斗篷，他们没有皮肤的接触,比格尔还是能感受到萨利的冷静透过布料传递过来。他抽回胳膊,他不想平静下来。

然而,这一瞬间的联系,足以让他用语言把愤怒表达出来。

"那孩子……托比。他的母亲正在穿越荒原。"

"是的!"萨利脸上的忧虑暂时消失了,取而代之的是快乐。她高兴得双手紧握在一起,"她的旅程才刚刚开始,但她很快就能到了。"

"她会来的,她会把孩子带走。"比格尔提醒她。他却忘记了自己在这件事里起到了推波助澜的作用,他为了萨利去找过海伦,告诉那个灵魂她的儿子在等她,就这样加快了灵魂生命结束的过程。

萨利凝视着比格尔,精致的眉毛皱了起来,她的眼睛里闪动着真诚的光芒:"这就是我的心愿,我全部的心愿。我只要托比得到关心,得到爱。"

"她的摆渡人……"

"是迪伦!没错,我希望她能做到。我的意思是……"萨利皱着眉头说,"并不是说别的摆渡人做不好,但迪伦明白这件事对我的意义。"

"摆渡人不能选择摆渡哪个灵魂。"比格尔提醒她,"这是一个奇怪的巧合。"

这很可能不是巧合,萨利接下来的话证明了这一点。

"我知道。我知道无论谁被选中,我都应该很开心,但我只是想要……只是想要一个能理解我的人。我不确定斯特恩会不会同意……"

"斯特恩?"比格尔打断了他。

萨利没有意识到比格尔即将爆发，还对他灿烂地笑了笑。

"是的，我问斯特恩能不能派迪伦去摆渡海伦。她当时正好把她摆渡的灵魂送来，而海伦正好在那个时刻离开了人间，这一切看起来真是机缘巧合。"

"你向斯特恩寻求帮助?"他又一次失去了说话的能力。他愤怒不已，思绪像是弥漫着一片阴霾，他只能从僵硬的嘴唇之间把这些话挤出来。

萨利犹豫了一下，终于明白比格尔为什么这么激动。

"是的。"她轻声说。

第十九章

"为什么?"比格尔强挤出这句话,又有几句话跟着冒了出来,"为什么是他?你和我不是朋友吗?你为什么不来找我?"

"我只是……我伤害了你的感情吗,比格尔?我不是故意的。只是因为斯特恩审判官负责把托比送回了托儿所。他很清楚整件事,于是我觉得……"

比格尔没有让萨利把话说完。

"你应该来找我的!你应该把托比的事告诉我,我也会帮你的!你本来可以留下那孩子。根本不需要让他的妈妈知道他的事!本来可以让他成为你的孩子!"

比格尔在内心深处很清楚自己说的这番话可笑至极,但即使他意识到这一点,他也知道自己的话发自肺腑。他会帮萨利保守秘密,帮她把托比藏起来,不让他的母亲看见,不让其他审判官看见,也不让家园里的任何人看见。

只要这位迎灵官肯开口,他愿意为她做任何事。

但萨利不会这样做。萨利无助的时候,只会去找迪伦,以及斯特恩。

这样的行为刺痛了比格尔,他觉得自己连呼吸都困难了。他满脑子想的都是这件事。萨利本来有机会向他求助,却选择了其他人。嫉妒如同一个漆黑油腻的东西,从他的内心深处爬出来,一直渗进他的喉咙,用寒冰般冰冷的手指缠绕着他的思想。

"我并不想把那孩子据为己有。"萨利说。迎灵官的语气中含有一丝责备,"我希望他的妈妈来接他。我很高兴她已经上路了。"

"你乐意见到她把那孩子从你身边夺走?"他毫不掩饰语气中的恶意。比格尔觉得是有人在通过他说话,是别人,那个人邪恶、丑陋、盛气凌人。

"是的。"萨利坚定地说。她摇了摇头,"怎么了,比格尔?你听起来都不像你了。"

"怎么了?"即使比格尔告诉自己什么都别说,他也知道自己做不到。指责、愤怒,像发狂的黄蜂一样从他嘴里喷涌而出,"我们认识多久了?我们做朋友多久了?我给你讲故事,只盼着你能回馈给我一个微笑,有多久了?"

"比格尔……"萨利向后退了一步。比格尔则向前一步,伸出手像虎钳一样抓住了萨利的一只手臂。

"你需要什么,应该来找我才对。我会帮你把孩子藏起来,直到他的母亲来接他,如果你真这么想的话。我会帮你派一个你选择的摆渡人去接那个灵魂。你知道我去见那个灵魂了吗?我告诉她托比在等她,我为了你破坏了规矩!"

"我……我不知道。求你了,比格尔。你弄疼我了。"

萨利的请求毫无作用,比格尔沉浸在自己的愤怒中。

"你应该来找我的!"他生气地说,"你不该去找斯特恩!他是你的什么人?告诉我!你们是恋人吗?"

"你说什么,比格尔?"

"回答我!"他紧紧抓住萨利的胳膊,好像能从她嘴里挤出答案似的。

"住手!"

"你们是恋人,是不是?为什么?你为什么选择他而不是我?"

"比格尔,不是的!我……"

萨利使劲儿扭动,想把手臂抽出来,但比格尔的手像铁一样坚硬。他加大了手上的力道,以此警告司官不要再试图逃脱。接下来,随着一声清晰的咔嚓声响彻四周,萨利的手臂在他的手中变得不那么坚实了。萨利疼得倒抽了一口气,他们两个都震惊得张大了嘴巴。

这就仿佛在心脏上刺了一刀。比格尔立即松开了萨利的手臂,萨利立刻把它抱在胸前。很明显，她的胳膊断了。

他弄断了萨利的胳膊。他怒气冲天，完全失去了理智。他根本控制不了自己。

他后退一步，又后退了一步。内疚、嫉妒、羞愧、愤怒纷纷涌上心头。这些情感在他的心里融合在一起，在他的血管里沸腾，在他的大脑里尖叫。他举起自己爪子般的双手，在头发上刮来刮去，抓扯着头皮，像是要把大脑扯出来一样。

"比格尔，没事的。这……"萨利试图向他走去，她的担心压倒了恐惧，但比格尔猛地向后退开，离开了她所能够到的范围。

他这是怎么了？他……变得不一样了。他把手伸到身前，看到原来是血管的地方出现了一条条黑线。在他的注视下，他始终保持着整齐、干净、磨钝的指甲变长变厚，成了尖锐的利爪。

"离我远点。"他说。他的声音不对劲，变得更加深沉，就如同在咆哮，根本听不清他在说什么。

震惊之下，他那邪恶的思想稍稍退开了一会儿，他整个人都被恐惧包围了，接着，邪恶再度席卷而来。他的脑海深处有个声音在窃窃私语，催促他向仇恨和嫉妒屈服。那个声音既强大又诱人，却也让人感到恐怖和陌生。比格尔从萨利身边退开，而萨利还在呼唤他的名字，试图透过他脑海里的迷雾接近他。他悄然离开了萨利的住所，飞快地穿过家园一层又一层的空间。

他能做什么？他能去哪里？不能让其他审判官看到他。他们马上就会发现他有古怪,看出他不对劲。他们会对他做什么?他们可能会了结了他。他们会这么做吗?

他心中的仇恨不肯罢休,尖叫着要他先下手为强,而他内心的恐惧则要他赶快逃离。

他选择了自我保护。比格尔艰难地穿过家园,直到感觉到脚下出现了荒原那更坚实的土地。他吸了一口气,走了一步,再走一步。接下来他所知道的,就是自己飞奔起来。他在这片大地上狂奔,灌木丛和草地在他的余光中匆匆掠过。摆渡人连忙把灵魂从路上拽开,他们的震惊和困惑如同触须一样黏在他的皮肤上,他连忙像甩蜘蛛网一样将其甩开。他更用力地奔跑,心中没有目的地,直到目的地出现在他的视线里。

然后他知道自己正是要来这里。

湖泊呈现在他的面前,在乌云密布的天空下,湖面灰蒙蒙的。湖水看起来很冷,一点也不吸引人,波浪起伏的表面掩盖了下面的东西。比格尔纵身跳入浅水区,感觉到冰冷的湖水渗入他的靴子,浸湿了他的斗篷。他仿佛听到有人在叫他,但他拒绝转身。他猛地向前冲去,蓦地起了一阵大风,他的头发被吹得在脸周围胡乱甩动。

水淹到了他的膝盖,然后到了大腿。到了齐腰深的时候,他已经感觉不到寒冷了。寒冷似乎成为他的一部分,或者说,是他成为寒冷的一部分。他伸出双手,抚摸着水面,感觉浪花有力地拍打着他的手,仿佛在欢迎他。

水涨到了他的胸口，冲刷着他的下巴。

一道闪电划过天空。比格尔抬起头，看到了沉重的乌云翻腾汹涌，投下令人窒息的黑暗，把荒原的下午变成了丑陋的黄昏。这地方再也不会是原来的样子了。在完全沉入水中之前，这是他的最后一个念头。

比格尔目睹过人类在人间溺水，看到过摆渡人把他们从水里救出来、他们的灵魂进入荒原后，他们满脸震惊，饱受创伤。他听到过他们那颤抖的喘息声和痛苦的哀号声。那是一种非常非常可怕的死法。

现在却不一样。水安抚着他，把他引到更深处。你回来了，湖水似乎在他耳边这么低语道。这就对了，这才是你。他张开嘴，水立即涌入他的口中，顺着喉咙灌下去，直到遇到他心中冰冷的愤怒。吞噬了比格尔的黑暗面伸出手来迎接它。这两种东西在他体内混合在一起，旋转成一种黏稠又肮脏的物质，随即从他体内排出，与湖水混合在一起。就如同向一杯清澈的水中放了一滴染料一样，它扩散开来，随着水流旋转和扭曲。当比格尔把更多的水吸入体内时，他可以在舌头上尝到那东西的腐朽气息。他在心里将其放大，接着又把它吐了出去。

湖水以非常缓慢的速度发生了变化。水质变得黏稠而漆黑，最后变得像占据了他内心的黑暗一样，比格尔再也分不清哪里是自己，哪里是湖水。他伸出手抚摩着它，隐约意识到他的身体不一样了。他已经摆脱了原本的人形，现在变得……更丰富了。他能以惊人的速度在湖水深处有力地移动，能激起水流，使湖面在他的命令下跳跃和旋转。

他向更深处潜了下去,直至感觉到双脚踩到了最深处的湖底。沙砾和旧木头的碎屑粗糙扎人,感觉很不舒服。他抬起头,再也看不见头顶上方光亮的天空了。这里只有黑暗、沉重、寒冷和压抑。

很长一段时间以来,比格尔第一次感到了放松。这里没有人注意他,他也不需要评判任何人。这里一个人都没有。萨利的面孔在他眼前闪过,迎灵官像往常一样微笑着问候他。这就像透过一块扭曲的玻璃看着萨利。图像很模糊,萨利美丽的脸都变形了。锋利的是那张脸流露出的感情。其中有愤怒,他气那令人作呕的背叛。还有仇恨,对斯特恩、迪伦以及其他所有人的仇恨,是他们合谋破坏了他和萨利之间美好未来的可能性。

曾经那个傻里傻气、向萨利献殷勤的比格尔现在对他来说是那么陌生。他以为自己是人吗?他真的在追寻灵魂们花费了……或者说浪费了全部生命去追寻的爱和亲密关系吗?

没有爱。只有虚假的希望和遭遇背叛的痛苦。只有痛苦、愤怒和伤害准备好涌向你,把你的梦想化为灰烬和仇恨。比格尔现在明白了。他躺在湖底,等待时机来宣布另一种情感。而它是愤怒、厌恶和背叛的伙伴。

那就是复仇。

第二十章

崔斯坦走出了记录室,耐心地等待着下一个灵魂的详细信息流入他的脑海,等待着下一个版本的荒原在他脚下凝结。可这两件事都没有发生。反而就在他面前几英尺的地方出现了一扇门,一名审判官开了门。

崔斯坦停顿了一下,他有些好奇,却并不担心。他打量着审判官,扫视着对方的黑色长袍和刮得干干净净的脸上严厉的表情。他很少有机会近距离观察他们,毕竟荒原里很少有事务需要审判官来处理。眼前这位审判官有着尖尖的下巴,还微微有些鹰钩鼻。

"摆渡人。"审判官徐徐说道,"跟我来。"

崔斯坦的眉毛高高挑了起来,但他还是顺从地跟着审判官走了起来。他的脚踩在荒原茂密的草地上悄无声息，但他一跨过门槛，走上光滑的白色地砖，脚步声就变得尖锐起来。墙壁也是白色的，他的脚步声在这狭小封闭的空间中被反弹，不断地产生回音。当审判官关上崔斯坦身后的门时，他觉得自己好像被关在了笼子里，身边还有一个掠食者。

"发生了什么事？"他问道。

审判官没有回答他的问题。相反，他平静地在房间里踱来踱去，迫使崔斯坦不得不原地转身，才能将他锁定在视线之中。

"摆渡人，你知道我是谁吗？"

"你是审判官。"

"摆渡人，你知道我的名字吗？"

"你知道我的名字吗？"崔斯坦反问道。与审判官作对并非明智之举，但崔斯坦并没有做错什么，却受到这种待遇，他难免恼火。感觉他像是被人玩弄在股掌之中，就像一只被猫戏弄的老鼠。

"你是崔斯坦，你最好小心说话。"

"为什么？我什么都没做。你为什么叫我来？你为什么要耍弄我？"

"耍弄你？"审判官扬起眉毛。

崔斯坦咬紧牙关。他虽然很想与审判官在力量的对决中一较高下，但这么做实在太过愚蠢。

"我不明白自己为什么在这里。"他说，语气缓和了一些，变得更恭敬了,"而且,我不知道你的名字。"

"我是斯特恩。"审判官答道,"你来这里,是因为我希望你来。"他停顿了一秒,"说说你的职责是什么。"

崔斯坦皱起了眉头,被审判官的一连串问题弄得不知所措。

"我是摆渡人。"他说。他暂时会配合,"我的职责是接上刚离开人间的灵魂,引导他们穿越荒原,将他们交给家园里的迎灵官。"

"没错。"斯特恩说着,点头表示赞同,"和其他摆渡人一起工作,并不在你的职责范围之内,对吗?"

"是的。"崔斯坦承认道,慢慢摇了摇头,"至少,以前从来没有过。"

"你一个人完成工作?"

"是的。"

"那你解释一下……"审判官停下脚步,看了崔斯坦一眼,"你为什么要和其他摆渡人谈话?"

"我……什么?"

"你有什么必要和其他摆渡人交谈?"

"我想没有。"

审判官看起来很是得意,好像他给崔斯坦带来了某种提醒。

"你说没有,可你却那么做了。"他重复道。

"你是不满我与其他摆渡人交谈?"崔斯坦惊讶地问,"并没有规定禁止交谈。"

"过去的确没有规定。"斯特恩表示同意,"从现在开始就有了。"

"你是在告诉我们,我们甚至不能彼此交谈?"崔斯坦沮丧地一挥手,"只是说说话,能有什么害处?"

"这就是问题所在,不是吗?只是说说话,能有什么害处?谈话将导致什么后果,我们无法得知,可能会有我们无法预见的风险。"

"我们在这里居然不能交朋友。"崔斯坦的讽刺脱口而出,"那真是太可怕了!"

"确实如此。"斯特恩反驳道,"你和另一个摆渡人的友谊,已经让你妨碍了她摆渡的灵魂。那除此之外,还会引发什么后果呢?"

"你在说什么?我干扰了哪个灵魂?"

"你干扰了摆渡人迪伦和她所摆渡的灵魂乔丹·沃尔特斯。"随着崔斯坦的声音越来越沮丧,斯特恩的声音则平静下来。崔斯坦感觉自己又受到了摆布,就如同被驱赶的羊群。但他仍然不明白审判官在说什么。

"你说谁?"话一出口,他就想起来了,"是那个试图攻击迪伦的女孩吗?我只是阻止了她伤害迪伦而已。我没有妨碍她的旅行。"

"你有什么资格评判到底什么会对灵魂在荒原中的行进造成干扰?"斯特恩问道。

"那么,我该由着她伏击迪伦?由着她把迪伦的脑袋敲碎?"

"摆渡人不会受伤。"

"我们是不会死,但这不是一回事!"

"那个摆渡人会恢复过来的。你自作主张去干涉一个不归你负责的灵魂,因为你喜欢她的摆渡人。"

"我们是朋友!"崔斯坦厉声道。

"这正是我要说的。"斯特恩微微一笑。他脸上的表情看起来很别扭。"你和她的友谊使你背弃了自己的职责,还妨碍了她的职责。"

"我没有背弃……"

"你没有吗?"斯特恩问道,"在你去拯救迪伦不被敲破脑袋的时候,你的灵魂在哪里?"

"他很好!"崔斯坦咆哮道,表情很僵硬。

"是吗?你怎么能确定?你并没有和他在一起。"

"这里是荒原。"崔斯坦翻了翻白眼,"荒原上没有危险。他们已经把危险都抛在人间了。"

斯特恩挥了挥手,驳回了崔斯坦的观点。

"你和另一个摆渡人的关系使你做出了出格的行为,不仅干涉了她的灵魂,还忽视了你的灵魂。你问摆渡人之间的友谊会带来什么危害?这就是。而且还会有更多。从现在起,你只做自己的本职工作,不许跟迪伦或其他摆渡人说话,不能干涉他们的灵魂。你必须把你所有的注意力都集中在你负责摆渡的灵魂上。明白了吗?"

"你想让我们变成机器人。"

"我是要你尽职尽责。"

"就这样?我们存在,只有这一个目的?"

"是的。"

"不是。"

崔斯坦感到脚下的冰变得很薄。审判官怒视着他,崔斯坦努力不让自己的目光垂落在地面上。

"不是?"

"如果你想让我发誓不再干扰迪伦的灵魂,或是其他摆渡人的灵魂,我会的。但你要我们必须断绝往来,剥夺我们唯一的联系,那就太残酷了。"

"你们只与灵魂有联系。"

轮到崔斯坦不屑地挥挥手了。

"我们只能陪伴灵魂几天,不能再多了。我们安慰他们,教导他们,引导他们。我们更像父母而不是朋友。那之后,他们抵达家园,我们便再也见不到他们了。灵魂不断出现,但每一个都是不同的。每次遇到一个灵魂,我们可以对他们的人生投去短暂的一瞥,就像人类之谜又多了一小部分供我们去研究。但他们和我们在一起的时间只有须臾。而其他摆渡人呢,他们总是在那里的。他们是亲人。这就是我们想要的。亲人。"

"这是你想要的,"斯特恩轻声重复道,"却不是你需要的。"

"每个人都需要友谊。"崔斯坦固执地回答道。

"但你不是人。"斯特恩纠正道。

崔斯坦的下巴绷紧了。他知道自己应该遵从审判官的命令,但他就是做不到。他和其他摆渡人的联系大都很短暂。偶尔打个招呼，也许只是相视一笑。但是，有几个摆渡人……好吧，其实只有一个……他觉得自己与那个摆渡人之间的关系不只是拥有相同的职责。

那微小的情感火花对崔斯坦来说意义重大。那种情感和人类灵魂所感受到的情感一样真实。他绝对不会放弃的，毕竟他面前的审判官没有更好的理由，只是说在无法确定的未来会引发问题。

"我保证不再干涉其他摆渡人的灵魂。"他重复道，"我向你保证。"

"你保证。"斯特恩轻轻地叹了口气，"你的保证有什么用？"

崔斯坦觉得受到了侮辱，他张开嘴想要尖锐地反驳几句，但还没等他喘口气，审判官便继续说了下去。

"你是否愿意向我保证，如果摆渡人迪伦，或者任何与你交好的摆渡人处于危险中，你会袖手旁观，任由危险降临在他们身上？你会任由他们流血，任由他们痛苦的呼喊响彻天空？"

"是的。"崔斯坦咬紧牙关，勉强说出了这两个字。

"你撒谎。"斯特恩反驳道。

崔斯坦没有说话。审判官说得对。

"你必须停止与荒原中所有摆渡人的联系。你必须专心摆渡你负责的灵魂。你不能和其他摆渡人说话或进行任何形式的交流，尤其是摆渡人迪伦。明白了吗？"

"不。"他本不想说，但这个字还是不受控地冒了出来。他难道要剥夺自己仅有的快乐,背弃唯一真正看到他的人?他不能同意。

斯特恩神色严峻,眼神坚定。他走近崔斯坦,双脚走过瓷砖地面时悄无声息,直到二人之间的距离只剩不到一英尺。

"我明白了。"斯特恩轻声说。他缓缓举起手,直到手与崔斯坦的脸齐平,然后用指尖按在崔斯坦的太阳穴上。"我本来不希望事情发展到这种地步,但到头来,也许这是最好的结果。"他狞笑着说,"如果你不知道摆渡人迪伦是谁,也就没有必要劝你远离她了。"

"等等!"崔斯坦举起双手说,"请等等。我会的,我发誓。都听你的。"

斯特恩停顿了一下,怀疑地低头盯着崔斯坦。

崔斯坦也瞪了回去。"我会的。"他重复道。

他被迫同意的事让他的心灼痛不已。但完全不记得迪伦,失去他们一起创造的无数微小的记忆?每个眼神,每个微笑,侥幸有机会进行的短暂交谈。他不能放弃这些,即便未来再也没有机会这么做。

"很好,摆渡人。"斯特恩慢慢地说,"我相信你的话。不要让我后悔。"

第二十一章

"我觉得自己还活着。我觉得自己比活着的时候更有活力！这是不是很傻？"海伦歪着头看着迪伦，一缕缕金发倾斜地遮住了她那闪烁着活力和欢乐的眼睛。海伦完全变成了痛失爱子时的那个年轻女人，她的思想很快就跟上了。她陶醉于自己的新身体，就这样远离了过去的生活，远离了她依然在世的家人，没有遗憾，也不觉得悲伤。

萨利一定会非常高兴的，迪伦心想。她真希望那位迎灵官现在就能见到她们。

穿越荒原的这一天，她们过得非常愉快。起初，海伦很紧张。她已经很长时间没有照顾过孩子了，她担心自己忘记了怎么做。孙子和曾孙是不一样的,不是吗?毕竟她并没有见过他们几次。

迪伦唯一做"母亲"的经历,是摆渡存活时间太短,甚至都算不上完整一生的婴儿的时刻,所以她无法给出建议。

"我不知道。"她耸耸肩说,"这是自然而然的,不是吗?"

"不!"海伦笑着回答说,"我记得自己当时绝望极了,根本不知道该怎么办。和罗伯特在一起,我……"于是她讲起了往事,说自己不小心把儿子忘在杂货店了,在回家的半路上,她才意识到少了什么东西……啊不,是少了一个人。

这个故事引出了另一个故事,然后又引出别的故事。海伦给迪伦讲了她和每个孩子的趣事,这些故事里的各种意外简直和灾难差不多,此外,她还讲了与孙辈的小故事。她的声音变得更加自信,焦虑和担忧从她的眼睛里消失了。

"听起来你是个出色的母亲。"迪伦告诉她。

"什么?"海伦大笑着说,"我刚刚给你讲了二十多个故事,每一个都说明我有多糟糕!"

"这是你谈论孩子的方式。"迪伦回答说,"显而易见,你很爱他们。"

海伦听了这恭维话,笑容满面,精神焕发。

现在,海伦迈着轻快的步伐穿过一片鲜花盛开的草地,她兴奋地转向迪伦。

"我有很多东西要重新学习。"她说,"怎么抱他,怎么换尿布。

怎么喂他……"说到这里，海伦突然停了下来。她低头看了看自己平坦的胸脯，在薄棉衬衫下面只有一点隆起。"我怎么喂他？我没有母乳！"

"不用担心这个。"迪伦向她保证，"他虽然还是个婴孩，但他也是灵魂。他并不是在人间，所以不需要吃喝。"她怪模怪样地笑了笑，"这意味着你也不用担心尿布的问题了。"

"不必吗？那我就放心了。我很高兴不用做这些事。"她皱起了眉头，"那他是怎么长大的呢？他不吃不睡，靠什么长大？"她看迪伦的眼神里充满了警惕，"他会永远都是个婴儿吗？"

"不会的。"迪伦承诺道，"他会长大的。我之前告诉过你，还记得吗？他的成长在他夭折的时候停止了，但当他与你重逢，便会重新开始。"

"怎么会？"海伦问道，"我不明白。"

"你可以养育他。"迪伦解释道，"用你的爱、你的关心，还有你的智慧。这正是他现在所需要的。在你的指导下，他会成长为一个男子汉的。"

"他真会长大成人吗？"海伦问道，她的眼神暗淡了一些，"他能谈恋爱吗？他能生育自己的孩子吗？"

"他不能生育后代。"迪伦慢慢地说，"家园是灵魂的港湾，但在这里不能创造生命，只有在人间才有这个可能。"

"那他只能孤零零的？"海伦神色忧伤。

"不是的。"迪伦立即答道。海伦的情绪怎么会出现这么大的转变？她感到一阵冷风拂过她的脸颊，乌云掠过太阳，偷走了下午的光明，荒原对海伦心境的突然变化做出了反应。"他还有你，等到他的兄弟姐妹穿越荒原来到你们身边，他还有他们。他可以在这里建立新的联系。他可以交朋友，也可以恋爱。"

"但他永远不会有孩子。"海伦替她说完。

"是的。"

"我希望……"海伦咽了口唾沫，眼睛突然闪着泪光，"我常常想，是不是因为我做了什么事？也可能是因为有些事我没有做。我一直在想，如果我能采取不同的行动，也许他就能活下来了。"她深吸一口气，让自己冷静下来，"你能告诉我这件事吗？这是命中注定的吗？这就是命运？是不是无论怎么样，托比都会在那个时间离开人世？还是那天有可能有不同的结果。要是我做了不同的事，他是不是就能拥有完整的人生了？哪怕是半生呢？"

"我不知道。"迪伦诚实地回答。

"真的吗？"

"我不会对你撒谎。有些事情我是不能告诉灵魂的，可即便如此，我也会告诉你。但有很多事我确实不知道。我是个摆渡人，我知道的事只够我履行职责。"

"原来了解知识，只是为了需要。"海伦喃喃地说，脸上露出一丝微笑。

迪伦也笑了笑,她并不明白这个笑话,但见到海伦脸上不安的表情消失了,她松了口气。

"我们在这儿过夜好吗?"她建议道。

她们已经到了山谷的起点。天空中还有一丝光亮,但深谷里没有舒适的地方适合过夜,而且那里地势不平,还可能很危险。迪伦有很多次被茂密草丛中隐藏的岩石绊倒,扭伤了脚踝,所以她很清楚要在清晨明亮的阳光下穿越山谷,那样做才明智。

"啊,有这个必要吗?"海伦问道,她若有所思地转向前面的路,"我很想快点到。"

"会的。"迪伦保证道,"但在黑暗中穿越山谷可不是闹着玩的。等到明天早上,走起来就容易得多,也快得多。"

海伦的五官皱成了一团,看起来很不开心,然后她叹了口气。

"你说得对。"她说,"只是……我在路上多花一天时间,他就得多等一天。"

"他并不知道你要来。"迪伦温柔地提醒她,"他已经等了很长时间。再多等几天,不算什么。"

海伦的脸上掠过惊恐的神色:"那他也不记得我了。"

"他会的。"迪伦说这些话时比她感觉的更加自信。她对婴儿的经验很有限:她把他们摆渡过来,然后交给家园里的司官。她不知道那之后会发生什么,孩子们记得什么,又有哪些记忆会褪色。

"母亲和孩子之间的纽带……"

"那种纽带是深入灵魂的。"海伦喃喃地说。

"是的。"迪伦表示同意,"他的生命之火来自你。即使他不记得你们在一起的日子,他也会记得你的。"

"你真这么以为?"

"是的。"

海伦满意地笑了笑。她环顾四周,山谷的入口像碗一样,大地似乎在从四面八方催促着她们前进。这里几乎没有树,也没有从地里伸出来的巨石。而整个上午和下午早些时候,那些石头害得她们绕来绕去,不得不采取蜿蜒路线前进。

"在星空下过夜吗?"海伦猜测道。

"不。"迪伦露出一丝揶揄的微笑,"没看见吗?再仔细看看。"

海伦向四下里张望,目光扫过绿植。

"我应该看到什么?"

迪伦走到海伦身后,把手放在海伦的肩膀上。她把灵魂转向左边的斜坡,指向山上。

"看到了吗?"

"好像……没有?等等!"海伦发出一阵大笑,"我看到了。啊,太可爱了。"

往山上几百英尺,有一座小小的石头建筑,石头表面几乎爬满了苔藓。石屋里只有一个房间,门和一扇小窗占据了整个建筑的正面。一株杜鹃花长在建筑的东南角旁,屋顶虽然还完好无损,但已经被茂密的杜鹃花的枝条所占据。

"这房子很简陋,"迪伦警告说,"但里面有一张床,黄昏时,到处都会弥漫着杜鹃花的香味。在里面休息很不错。"

"我喜欢杜鹃花!"海伦惊呼道。

一时间,她忘记了儿子还要再等几个小时,动身上山朝小屋走去。迪伦跟在后面几步远的地方,由着海伦走进屋内。

她希望她对海伦所说的关于她儿子的话是对的。托比在托儿所等了这么久,迪伦希望这次团聚能完美无缺。这是为了海伦,也为了托比,但主要是为了萨利,毕竟萨利为这次团聚等了很久。她所等待的时间其实比这两个灵魂都长。海伦之前并不知道有人在等她,而托比仍然不知道母亲就要来了。

很快萨利就能拥有她一直梦想的大团圆结局了。

迪伦盼着她愿望实现的那一天。

她走近小屋,把头探了进去。海伦正坐在床上,呼吸着花香。灌木丛中鲜花朵朵,空气中已经弥漫着芬芳了。

"太棒了。"她说着睁开眼睛,朝迪伦露出了明媚的笑容。她惋惜地看了一眼她坐着的床,"可惜这里太小了。"

小屋里没有其他家具。

"你睡那张床,"迪伦催促道,"那里舒服。我坐在门口就行。"

"是为了保护我吗?"

"没有什么好防范的。"迪伦向她保证道,"我只是喜欢看着其他灵魂经过。"

其他灵魂，以及他们的摆渡人。一般来说，摆渡人会完全专注于自己负责的灵魂，但有时他们也有机会对视一眼或挥挥手。也许还会聊上几句，甚至有机会体验片刻的亲近。

"你能看见他们？"海伦问道。

她站起来，从迪伦的肩膀上往外看。迪伦知道她会看到什么：什么都看不到，只有她那个版本荒原的青翠乡村。

"我看得到。"迪伦答道，"这和我看见你不一样。我可以离开你的荒原，看到荒原真实的面貌。在那里，灵魂并不是实实在在的，他们几乎是透明的，像幽灵一样。"

"我的荒原？"

"这片荒原是你的，只属于你。"迪伦解释道，"这里应该是你熟悉的样子，能带给你抚慰，是一个能让你接受死亡并准备继续前进的地方。这样一个地方，对每个人来说都不一样。"

"那么，有的人……比如说加拿大人，就会看到……"

"很多雪。"迪伦确认道。

"我喜欢雪。"海伦笑了。

迪伦皱起眉头："那很冷。"

"你堆过雪人吗？"

"没有，从来没有。"

"下次你应该试试看，也可以丢雪球。啊！"海伦拍起手来，"还可以印雪天使！"

"那不是要躺在雪地里？"迪伦问。

"你可以试试看。"海伦坚持说，"相信我。"

"好吧，我会的。"

"很好。"海伦满意地继续从门口往外看，"知道这里有很多灵魂，却又看不见他们，感觉有点毛骨悚然。"她倒抽了一口气，突然显得惊慌失措。"现在这里有吗？"

"没有。"迪伦摇着头回答，"这是我的空间。我们每个人都有自己的落脚点。"

"啊，那太好了。"

"你应该休息一下。"迪伦指着床建议道，"要是我们的速度够快，也许明天就能穿过山谷，并且到达湖对岸。"

"还有个湖？"

"那里还有艘船。"迪伦向她保证，"那个地方很美。宁静，平和。你可以在湖里游泳，游完后，你会感到自己恢复了活力。那感觉就像……"

"重生。"海伦替她说完。

"没错。"

"听起来不错，我很期待。"

海伦重新坐在床上，过了一会儿，她躺在被子上。她长叹一声，闭上眼睛，身体十分松弛。看到她松弛下来，迪伦很高兴，她在门口坐下。

她喜欢这样。在这样安静的时刻，她可以放空自己。在这个时候，她不需要回答问题，不需要安慰，也不需要做一个好伙伴。在这个时候，她可以做自己。

她把目光投向真实的荒原，注视着一队队这么晚仍在赶路的摆渡人和灵魂。她从一个摆渡人望到另一个摆渡人，每次有摆渡人也望着她，她都感到胸中升起一股暖意，把他们联系起来。但她并没有看到自己要找的人。也许他……

在那里！

崔斯坦正飞快地走下山，他的灵魂是一个大约8岁的小男孩，蹦蹦跳跳地跟在他身边。迪伦注视着他，等着他注意到自己。她的胸口竟然有些异样的憋闷。他知道她的空间在哪里，也知道她在荒原上的所有休息点。根据经验，她知道他会在那些地方寻找她，就像她也在寻找他一样。

她注视着，等待着。

崔斯坦从她身边走过，却没有转过头来。

迪伦无法呼唤他，毕竟他的灵魂就在他身边，但她一直凝视着他，心里既惊讶又刺痛，因为他是故意避免哪怕是片刻的眼神接触。他知道她在那儿，她对此很肯定。

崔斯坦的休息点和他要去的地方就在再往下一点。那儿离山谷的入口很近，很快就将笼罩在越来越浓重的阴影里。他催促小男孩进屋,还生了一堆火,她可以从门口看到他被照亮了的剪影。

他在做什么?

他为什么不理她?

她回想起他们上次见面的情景,没有任何异样。当时崔斯坦帮了她,救了她,她这才没有被乔丹重伤。现在他却连看都不看她一眼,这完全说不通。

迪伦坐在那里看着崔斯坦的休息点,周围的夜色逐渐加重了。她等着他走到门口或窗口,向他挥手或微笑,哪怕是这么微不足道的姿态,也是表示他知道她就在那里,表示他并没有冷落她。可惜她什么都没有等到。

当第一颗星星在天空中闪烁时,迪伦站了起来。她再也等不下去了。她内疚地瞥了海伦一眼,只见灵魂依然仰面躺在床上,闭着眼睛,好几个钟头以来,她一直都是这样。也许她是在计划自己和儿子将来的生活。即便迪伦溜走几分钟,她也不会注意到。

迪伦小跑起来,从她的休息点跑到了崔斯坦的休息点,她突然发现还有很多双眼睛在看着她——是其他摆渡人,迪伦没有理会他们,不想看到他们可能露出的不赞成的表情……甚至是同情的表情。有没有人看到崔斯坦冷落她?这很尴尬,让迪伦内心那块受伤和愤怒的小煤块炽热地燃烧着。

"崔斯坦!"她气冲冲地喊着他的名字,她把声音压得很低,只让他一个人听到,却不会打扰他的灵魂。如果他在听的话,她等待着他的回答,时间随着她快快不快的心跳流逝着。她等着他回话,或是出来与她见面。

可惜什么都没有。

"崔斯坦!"这次她叫得更大声了。声音大得足以让屋内的灵魂大声问道:"是谁?"

"什么人也没有。"崔斯坦低声回答道,"别担心。"

什么人也没有?迪伦惊诧地盯着空荡荡的窗户。她不能进去,那是违反规定的行为,哪怕只是尝试,也会受到惩罚。而且,她真的不知道她是否能以这种方式侵入崔斯坦的空间,即使是他邀请了她,但他现在肯定没有发出邀请。

"崔斯坦,发生什么事了?"她不能就这么夹着尾巴离开。一方面是因为她太骄傲了,而且她能感觉到其他摆渡人在背后盯着她,他们的目光灼人。此外,很大一部分原因在于她无法相信崔斯坦会对她如此冷漠,她仍然相信一定有一个合理的解释。但是,这样的信心在逐渐缩小。

"迪伦,你还是走吧。"她听到了崔斯坦的声音,过了一会儿,他出现在门口。他愁眉苦脸,双手插在口袋里问她:"你的灵魂在哪里?"

"她很安全,我只离开她一会儿而已。"

"你根本不应该离开她。"

迪伦目瞪口呆地看着他:"那天你来帮我,不是也离开过你的灵魂?"

"那是个错误。"

迪伦把头歪向一边。不对劲。崔斯坦靠在门框上,他的肢体语言非常僵硬,声音也很冰冷,这不正常。

"你说的不是真心话。"她说。

"完全发自真心。"

"但这不是你会说的话。"

"迪伦……"

"好吧,我走。"她还能怎么办呢?她是断言海伦很安全,但她还是开始为自己离开海伦而感到提心吊胆,一股瘙痒感刚在她的皮肤下方乱窜,要她立刻回到自己的灵魂身边。

"不过我知道有些事情改变了。"迪伦喃喃地说,"肯定出事了。你根本不是原来的你。"

崔斯坦没有否认,但他也没有做出任何举动表明迪伦是对的。他只是盯着她,一言不发,直到她不得不转过身,回去找自己的灵魂。

她回来后看到海伦正坐在床上等她。她看了一眼迪伦的神情,便站了起来。

"一切都好吗?"她问道。

"当然。"迪伦愁眉苦脸,强挤出这些话,"我只是在欣赏夜空。"

海伦的眉头微微蹙了一下,灵魂很清楚自己听到的是谎言,但过了一会儿,她耸了耸肩。

"你应该躺下。"迪伦建议道,"休息一下。"她现在最不想做的事就是跟人谈话。此时此刻,她的思绪以每小时一千英里的速度翻转着,她灰心丧气,像一只被遗弃的小狗一样无精打采。

"我不累。"

"明天我们还要穿越山谷和湖泊。"迪伦提醒她,"这样你就可以在太阳落山之前和你的儿子团聚了。但那是很长一段路。"

她的话起效了。提前一天和托比团聚是那么有诱惑力,海伦躺在床上,闭上了眼睛。迪伦松了一口气。她悲伤地噘起嘴,眉毛拧在一起。她盘坐在房间的角落里,粗糙的石墙深深扎进了她的后背,她不知道到底发生了什么,竟让崔斯坦对她如此冷漠。

一定出事了。肯定是的。

第二十二章

"等等!"苏珊娜朝她负责摆渡的灵魂杰罗姆喊道。杰罗姆是个老人,脸上有一道很明显的伤疤,但为人和蔼可亲。这会儿,他正要把一只穿着靴子的脚踏入湖水的浅滩里。

他停了下来,滑稽地把脚抬得高高的,困惑地望着她。

"对不起。"她说,"我知道我说过湖里很安全,你愿意的话还可以在里面游泳,但请等一会儿。有点不对劲。"

杰罗姆摇摇晃晃,单脚无法保持平衡,不得不匆忙地踩回卵石上,以免自己摔倒。

苏珊娜蹲下,把手伸向轻轻拍打着岸边的湖水,不过她的指尖并没有接触到水面,直觉告诉她这样做不明智。

湖不一样了，肯定出问题了。今天的天气算不上阳光明媚，但湖水应该非常清澈干净才对，应该一眼就能望见满是沙子的湖底。然而，湖水现在看起来很混浊，水是黑色的，非常黏稠，这样形容湖水可以说非常怪异，但苏珊娜找不到其他更为合适的说法。每次有淡淡的水波拍打湖岸上的卵石和砾石，似乎都留下了一些微小的残留物，就像一层浮油。

苏珊娜突然意识到就是这样。湖水看起来像是被油污染了。她曾经从海里接过一个灵魂，那个男人是在一场暴风雨中被从油轮上甩下来的。那艘船的船体断裂了，油箱里的汽油泄漏到了沉船周围的水中。当她把那个男人拉上船时，他的皮肤和衣服都包裹着一层薄薄的油。那层油就像第二层皮肤，怎么洗也洗不掉……直到他穿越荒原，到达湖边。清澈的湖水净化了他，使他从死亡的不幸记忆中解脱出来。

现在看起来就像有艘巨大的油轮把所有的燃料都倾倒进了湖水里，不过这是不可能的。这里是荒原。人间那严酷又极具破坏性的机器在这里并不存在。

"有问题吗？"杰罗姆问道。

"是的。"苏珊娜说着站了起来，"但我也不知道哪里出了问题。我只是……我不确定我们该不该从湖面上过去，也许我们应该绕过去。"

"绕过去？"杰罗姆重复道。他向左边望去，弯曲的湖岸形如一个巨大的半圆。这湖不小,湖岸绵延数英里。湖对岸也是弯曲的,走起来要很长时间。

"那要多走很多路。"苏珊娜承认道,"但我就是觉得不对劲。"

她并不是唯一产生疑虑的摆渡人。倒是有两三个摆渡人壮着胆子,划船穿过了怪异、漆黑和玻璃般的水面,但很多摆渡人都和她一样止步于岸边。他们困惑,充满了矛盾。

该怎么办……

她愁眉苦脸,又弯下腰,把手指伸进水里,马上又抽出来。湖水冰冷彻骨,她是对的,湖水变得更黏稠了。非常黏。里面还有一种恶毒的东西,那种东西很丑陋,叫人不快,像是在用长手指一样的卷须缠绕住她的心脏,紧紧地挤压着。

她把浸过水的手抱在胸前,抬头望着天空。黑压压的乌云翻腾着。就在她注视着的时候,一道亮光从云里射出来。是闪电,刺穿了厚重的云层。

"你没事吧?"她问杰罗姆,"你感觉怎么样?"

"我很好。"杰罗姆回答说,一如既往地平静和固执,"我承认我不喜欢走路,但如果你觉得这样最好,我就跟着你走。毕竟你是我的向导。"

所以不是杰罗姆造成了这样恶劣的天气,是另有原因。

是什么人干的?

根本不可能弄清楚其中的因由,但当一阵雷声响彻天空时,苏珊娜下定了决心。

"我们绕过去。"她说,"这片湖水让我觉得不安全。我不知道发生了什么,但小心总比后悔好。"

杰罗姆夸张地叹了口气,脸上浮现出一抹坚忍的微笑。

"我妻子告诉过我,我要走很长的路才能到天堂,这样我才有时间去思考自己所有的罪孽。她会很高兴听到她是对的。"

苏珊娜对灵魂的玩笑勉强笑了一下,但当她回头看向水面时,她又担忧地蹙起了眉头。是什么导致湖水发生了变化?在杰罗姆的荒原中,是什么影响了天气?她不知道答案,也没有人可以打听。不过她的决定是对的。她对此深信不疑。

湖水不再安全了。

第二十三章

崔斯坦的奇怪行为让迪伦困惑了一整晚。随着时间缓慢地流逝,她有好几次站起来,凝视着他的休息点。崔斯坦一次也没在那里回望过她,她也不肯再去找他。

但这件事让她心痛不已。

她感觉自己与外界的联系被割断了,觉得好像失去了唯一的朋友。

这可真傻。毕竟她还有萨利,其他摆渡人也是她的朋友。不过,大多数情况下,他们都是沉默的朋友。但她并不孤单,她周围都是和她一样的人,而且,总有灵魂和她在一起。只是……她不明白他为什么突然不和她说话了,她很想念他,尽管自从他帮她处理乔丹的事才几天,但在那之前,他们已经有很久没说过话了。他没有给出任何理由就断绝了这段关系,这伤害了她的感情。

第二天,整个上午她都很安静,心不在焉的。她穿过山谷,海伦一直兴奋地喋喋不休,她却没听进去。她的脚踩着熟悉的小路,而她的心则闷闷不乐。于是她没有留意到天空中的滚滚黑云,天上不时落下大滴大滴的雨点,也没有留意到彻骨的寒风与海伦高涨的热情格格不入。

在发现湖水有问题之前,她已经把船划进了湖里。

她僵住了,双手放在桨上,双眼盯着船舷外的水面。

"怎么了?出什么事了吗?"海伦问道。见迪伦一动不动地坐在那里,不再划船,她向迪伦投去了疑惑的目光。

"有问题。"迪伦喃喃地说。

她看着湖岸,透过海伦的荒原看到那里的真实面目。有摆渡人划着船过湖,但也有几个惊慌失措地站在岸边,令人惊讶的是,有不少人选择避开湖水,从湖边绕行,这样一来,路程就是原来的两倍多。

迪伦咬着嘴唇思考着。她们已经在水上了,她应该回去,把船拉回到卵石上,和其他人一样绕湖而行,还是应该站在岸边观望,等着看那些选择划船过湖的摆渡人是否可以顺利通过?

她转过身来,盯着为数不多正划过湖面的船只,似乎并没有人遇到麻烦,不过每个人看上去都非常谨慎:湖里没有灵魂游泳,船移动的速度也比平时快得多。没人愿意在水上待太久。

"迪伦?"海伦又问道,"一切都好吗?"

"是的。"迪伦不假思索地给出了答案。她安抚灵魂的本能发挥了作用，让她这么说，"只是……"

"只是什么？"

海伦急切地盼望见到儿子。如果迪伦允许，她会彻夜赶路去见他。现在绕远路，就要多走几个钟头，甚至可能被迫在湖对岸的一个休息点再住一晚。

若是走正常路线，直接划船过湖，她们今天就能到。可谓轻而易举。

"没什么。"迪伦说着打定了主意，"没什么。"

她拿起桨，划了起来，用一支桨把船转向，用力地把船划过水面。她和其他摆渡人都受到了一股冲动的驱使，感觉必须快速过湖。必须以最快的速度到达另一边。然而，桨在她手里感觉很奇怪，很难用桨把水分开。感觉就像船粘在了水面上，怎么也不肯动弹，似乎不可能加快速度。

"看起来挺费力的。"海伦说，有点内疚地对她微微一笑，"我只是坐在这里，感觉很糟糕。"

"这是灵魂的特权。"迪伦回答道，微微咬着牙的她还是对海伦笑了笑。她气喘吁吁，脸因用力而涨得通红。她想要加快速度，赶快离开这片奇怪的水域，可是船拒绝配合，感觉它比平时慢了很多，这一切都在她的胸中激起了阵阵恐慌。

来吧，她心想。快点。

比格尔一动不动地躺在湖底。在他上方，水面上点缀着一艘艘小船。他看着它们搅动着水面，桨一次又一次地刺穿湖面。愤恨在他的心里翻涌不休。他们为什么在这里？他们为什么就不能让他清净一会儿？他的思绪已支离破碎，纷乱不堪。愤怒和暴力的冲动汹涌澎湃。他恨不得冲上去把那些船都撞翻，将它们碾成碎屑，让那些摆渡人对他的湖水产生恐惧，以后只能从湖岸绕道而行。

那样，他就可以不受打扰地面对自己的愤怒和仇恨了。

萨利的脸在他的脑海中浮现，每隔一会儿，这张脸就会出现，从未间断。萨利的面容上没有了曾经绽放的喜悦，只有酸楚的苦涩。这位迎灵官的脸与审判官斯特恩的脸融为了一体，而斯特恩面色阴沉，带着评判的意味。深刻的憎恨立即袭来，一起涌来的还有耻辱。当斯特恩的脸变得模糊，变成摆渡人迪伦时，比格尔的脑海里燃烧着强烈的嫉妒。就是她把萨利从他身边抢走的。由于她的出现，迎灵官即便需要帮助，需要安慰，也不再找他了。萨利的友谊和爱，也不再属于他。

是她从比格尔那里偷走了这一切。

随着他深陷苦恼的旋涡无法自拔，湖底开始积满了沉淀物，湖水也变得混浊不堪。他那爪子般的手指伸进泥里，不断把淤泥搅动起来，他欣赏着水变脏的样子。他无法保持静止，太多的邪恶在他体内涌动，他向上冲去，游过被污染的湖水，把原本静止的湖水搅动得全是急流。

他用胳膊肘碰了碰其中一艘船，用双腿化成的长卷须轻轻拍打着它。小船立即剧烈地摇晃起来，猛地向一边倾斜，灵魂和摆渡人差一点就掉进了湖里。尖叫声响彻四周，比格尔感觉到那叫声在水中荡漾，激起了阵阵涟漪。那是他们的恐惧。

　　他停顿了一下，全身上下都在感受这种全新的感觉。这就像在呼吸新鲜空气。就像寒冷的黑夜过后，终于迎来了一缕阳光。这种感觉滋养着他，让他体会到了温暖，缓解了那撕心裂肺的心痛。

　　为了再感受一次，他撞上了另一艘船。这一次，他听到一块木板裂开时发出的令人满意的噼啪声。那种甜蜜而骇人的美妙滋味再次弥漫在船周围的水面上。比格尔横冲直撞，掀起骇然的波浪，把小船甩来甩去。他陶醉其中，几乎为这种全新的力量感到疯狂。

　　他转过身，飞快地游向湖的另一端。他在寻找更多的船和更多的灵魂，他要痛快地发动攻击。

　　他盯上了一艘船，游了过去，并不清楚自己为什么会紧盯着那艘船不放。他的潜意识认出了这个模糊的身形，认出了那个摆渡人的气味，然后，他身体的其余部分才反应过来。就在他明白的一刹那，他脑海里响起了咆哮，他的动作也加快了。

　　是她。是那个偷走了萨利感情的摆渡人。就是她抢走了原本属于他的东西。他血管里的邪恶叫嚣着，比任何脉搏声都更激荡。那种油腻的恶疾侵入了他，变成了他，点燃了一颗愤怒、仇恨和嫉妒的炸弹在他的内心爆炸。他接近那艘船，心里只有一个念头。

　　毁灭。

第二十四章

等到迪伦意识到湖面上的骚乱,听到尖叫声响彻整个湖面时,已经来不及回头了。她已然来到了湖中央,累得肩膀酸疼,一直在喘粗气,她使劲儿划桨,试图让它们分开那糖浆状的怪异水流。

"发生了什么事?"海伦问道,她紧紧抓着船舷,凝视着骚乱发生的方向。

"我不知道。"迪伦说着停了一会儿,眯着眼看向同一个方向。湖很大,远处的船看来就如同一片片模糊的污迹。然而,那些污迹在左摇右晃,而小划艇不该是这样的。

"有人落水了吗?"海伦问道。

"我不知道。"迪伦重复道。然后,她说,"不管怎样,我们应该离开这里。我不喜欢这样,这情况太怪异了。"

"什么意思?"

"我指的是湖水。不对劲。湖水……不该是这样的。湖里的水本来很清澈,很干净,甚至可以说是纯洁。我不知道发生了什么事,但水好像是被……"

"污染了?"海伦猜测道。

迪伦本来打算用"中毒"这个词来形容。

"差不多吧。"

"那我们该怎么办?"海伦第一次显得很害怕,瞪大眼睛盯着迪伦,希望她的摆渡人知道该怎么做。

一般而言,迪伦会知道怎么做。但现在不是一般情况。

"我们必须离开湖水。"她说。

迪伦紧紧抓住桨,开始用力划动。船的反应很迟滞,随着桨的动作向前移动,却不肯在水面上快速移动,迪伦不得不用尽全力让船动起来。不过,她们距离湖对岸不远了,无论其他船只发生了什么,似乎都被困在了湖的另一端。如果她可以……

尖叫声停止了。迪伦停了下来,聆听着,观察着,但湖上的一切都很安静。她四下观察,看到其他摆渡人和她的反应一样,全都在观望着,不清楚发生了什么,等着看接下来会怎么样。

她有种奇怪的感觉,好像有什么东西正以极快的速度向她冲过来。她的眼睛扫视着水面,寻找着那个东西,却什么也没发现。过了一会儿,她终于明白是怎么回事了。

她刚来得及划了一下船桨,就有什么东西撞到了船底。海伦尖叫着跳起来,还撞掉了迪伦手中的一支桨。那支桨从船边滚落,沉入了混浊的水中。

"海伦,坐下!"迪伦喊道。她从船边往外看,但桨已经不见了踪迹,她无奈,只能把手伸进水里去打捞。

水下有的不只是船桨。

随着一声响亮的嘎吱声,一块桨的碎片浮了上来。它轻轻地撞击着船舷,溅起了怪异的湖水飞到迪伦的脸上。她擦了擦自己的脸,但就在那片刻时间里,一种冰冷彻骨同时也是炽热灼痛的异样感觉向她袭来。

水里有毒。

迪伦猛地向后闪开,把两只手分别放在船的两边,试图稳定船身。海伦在船上动来动去,她的体重压得船失去了平衡,船身正在剧烈地晃动。

"坐下!"她重复了一遍,这次语气很重。

海伦重重地坐下,就像一个刚被剪断了牵线的木偶。她的嘴唇全无血色,脸色苍白无比。

"没关系,"迪伦安慰道,"用不着惊慌。"

一阵狂风刮起,可迪伦摸不准这风是因海伦的恐惧而起,还是被潜藏在波涛下面的东西引起的。湖面变得波涛汹涌,浪头随意地撞击着小船,船身随着波浪调转了方向,又朝着湖心驶去。

"不!"迪伦喊道。她咬紧牙关,抓起船桨,可单桨根本划不动船。她调转了船头,却无法让船身在浪头中移动。

她们成了活靶子。

有东西急速冲来的可怕感觉又出现了,就在这时,有什么东西重重地撞上了船底。她们的小船很结实,承受住了这次冲击,但她们两个被撞得重心不稳。迪伦摔到了船底,肩膀重重撞了一下,海伦则撞到了船边。她倒吸了一口气,失去平衡后尖叫起来。迪伦惊恐地看着海伦试图抓住船舷,以免自己掉进水里。

"我抓住你了!"迪伦费了九牛二虎之力总算站了起来,她向海伦扑过去,一把抓住灵魂后背的衬衫,阻止了跌落的势头。

"有东西在攻击我们!"海伦喘着粗气说,她猛地转过身,紧紧抓住迪伦,"是什么?"

"我不知道。"迪伦答,"湖里应该什么都没有的!我划船过湖不知有多少次了。"

她努力不让自己惊慌失措,毕竟这里是荒原,没有什么能伤害她们。但是,海伦说得对,有东西在攻击她们。迪伦既不是灵魂,也不是人,但她有直觉,还有情感。现在她的直觉告诉她,她们有大麻烦了,而且她很害怕。

"我们得离开湖水。"她对海伦说,"桨呢?"

她以为船桨在灵魂的后面,已经弯下身体去够,却发现她的手抓了个空。

"桨呢？"她又问了一遍。

"我不知道。"海伦说，"我还以为你拿着呢！"

迪伦环顾四周，但船非常小。很明显，那支桨眨眼工夫就不见了。

"一定是掉下船了！"迪伦哀号道。

她抬起双手，紧紧地揪住头发，扯得头皮生疼。别慌，她心想。你不能惊慌。海伦还指望着你。

但是，现在连一支桨都没有，她们根本不可能把船划到岸边。

她们也不能游水过去，因为有东西在水下等着她们。

不管那东西是什么，它好像都觉得有必要提醒她们它的存在似的，此时又从小船后方撞击过来。它狠狠地撞击了两次，一次在船底正中央，一次在船边。只隔了非常可怕的几秒，那东西竟然又开始猛烈摇晃船头，船头被摇得从水里抬了起来。迪伦和海伦纷纷向后栽倒，水溅到了船底，很快底部的积水就有几英寸深了。水很冰，也很黏稠，迪伦跪在水里全身发抖，她抓住船的两边，准备迎接下一次撞击，希望能用自己的体重来平衡船被掀起的势头。

"它在做什么？"海伦喊道，"它想把我们怎么样？还有其他的船，不是吗？你说过的！你说过总是有几百个灵魂在同时穿越。"

"是几千个。"迪伦喃喃地说，努力保持注意力集中，让自己做好准备。

不过海伦是对的。潜伏在湖里的东西除了一开始攻击过远处的船只外,它似乎一直在缠着她们不放。

那东西再度来袭时,海伦又尖叫了一声。这一次它是从后面攻击的,把船尾掀了起来。迪伦鼓起勇气,试图阻止自己被甩向前方。海伦从后面狠狠地撞了她一下,她差点儿就失去了平衡。

"为什么?它为什么不肯放过我们?"

我不知道,迪伦心想。她看了看其他的船。海伦说得对,原来水上有几十条船,但那些船都在逃离。他们可以看到迪伦那艘船的惨状,所以不希望自己或他们的灵魂处于同样的险境。

她应该叫他们吗?应不应该呼救?

这是违反规定的,但无论发生了什么,都属于异常情况,当然可以呼救。

这时,小船再次受到撞击,这一次受攻击的是已经被撞过的地方,一块木板顿时化为了碎片,于是她下定了决心。

"救命!"她大喊起来,"救救我们!"

他们听到了她的呼救声。有几个人停下来,左看看右看看。迪伦的目光扫过一张张面孔。这些摆渡人都很眼熟,有几个还和她格外相熟。那边那个是最熟悉的——是崔斯坦。他们的目光触碰在一起,她看到他脸上闪烁着犹豫不决的神色。

但只是一瞬间……

然后他转过身,开始使劲儿划船,而且是划向和她相反的方向。

迪伦只允许自己的震惊持续片刻。然后,她看向其他摆渡人。

他们都是她的手足。可他们都做了同样的举动。她在一些人的脸上看到了恐惧,在另一些人的脸上看到了忧虑,甚至还有后悔和内疚。但他们谁也不肯帮她。他们都在遵守规则,他们在拯救他们的灵魂,以及他们自己。

"怎么样了?"海伦问道,"有人来帮我们吗?"

她看不见他们,她只能看到她自己的荒原和湖泊,以及黑色的湖水在汹涌地翻腾。

"没有。"迪伦告诉她,她的声音有些嘶哑,"他们都走了。"

海伦盯着她,好像迪伦无所不知。

"那我们该怎么办?"

"等。"迪伦说,"我们只能等。"

"等什么?"

"救援。"

"谁会来救我们?你明明说他们都划走了!"

"审判官。"迪伦说,"他们一直看管着荒原。他们会看到这里的情况。他们会派人来的。"

"你确定吗?"

不。

"是的。"

"需要等多久?"

"到时候就知道了。"迪伦说。她努力控制自己不发脾气,毕竟海伦吓坏了,她不能责怪她。但灵魂一直在追问迪伦也答不出的问题。"还有个办法,那就是游过去。你愿意吗?"

"不。"海伦使劲儿摇头。

与此同时,一条触须正好刺穿了船底。

海伦尖叫起来,迪伦连忙向后退开,只见那是一条长长的肢体,有手指一样的卷须从末端伸出来,强行穿过船底的洞伸了过来。它在摸索。

迪伦伸腿猛踢,试图把它逼退回水中,但乱踢了一通,却毫无作用。那截肢体一直在撞击碎木板。她忽然明白过来,它并不是想抓她们,而是想捣毁船底。

它想让她们沉入水底。

不,应该说它所造成的破坏,已经足够击沉她们了。水开始从怪物在船底造成的大洞里涌进来。但这并没有阻止迪伦试图将那只蛇一样的触手彻底粉碎。但她不但没能击中怪物,反而又弄断了两块木板。

过了一会儿,另一条触须从洞里挤了进来,用势不可当的力量把洞扩大了。迪伦急忙后退,睁大眼睛盯着它。不管它是什么,都比她想象的大得多。

"下水!"她气喘吁吁地说,"我们必须游到对岸去。"

"游过去?"海伦惊骇地回答道,"可那东西在水下。"

"不管怎样,我们都要下水。"迪伦告诉她,"来吧。"

她不能先潜入水中,不能任由灵魂留在船上无人保护。迪伦意识到时间一分一秒地过去了,于是她抓住海伦的胳膊,要把她从一侧推下船。海伦反抗,推搡着迪伦。

"那东西要把船弄沉。"迪伦在她耳边喊道,"我们别无选择。"

海伦抽泣了一声,但她不再试图抓着迪伦不放了。她把一只脚搭在船边,笨拙地跳了下去。

船剧烈摇晃起来,迪伦失去了平衡。她摔倒了,一块碎木头重重地刺进了她的大腿。整条腿爆发出剧烈的痛楚,迪伦疼得大叫一声。接着,湖水将她吞没,把她拖向深处。

水里漆黑无比,这片水域本不该这么黑暗的。迪伦挣扎着,巡视着水面,寻找着海伦,却一无所获。她的肺感觉像是在燃烧。她使劲儿踢着脚,用手搜寻着。她觉得随时都会有东西抓住她的脚踝,那个怪物会突然出现在她面前。但是,四周只有一片浓得化不开的黑暗,她整个人都被恐惧包围了,越来越害怕。

迪伦猛地冲出了水面,而她甚至都没有意识到自己游到了水面。她大口吸着气,在水里转了个身,去寻找海伦。灵魂不在那里,只能看到船的残骸在无力地漂浮着。

"海伦!"她尖叫道,"海伦!"

海伦只可能在一个地方。迪伦再度潜入了水里,一直向下游去。她是害怕那个怪物,但她的本能此时占据了首位。保护灵魂,一直以来都是头等大事,即使这意味着她自己会遇到危险。

迪伦不断地下潜，双手伸在身前。她强迫眼睛睁开，哪怕湖水刺痛了她的双目。那是什么？就在那里！是一个浅色的东西，有可能是海伦衬衫的袖子。迪伦急忙游了过去，确信自己找到了目标，可她忽然意识到那个东西一动不动，并没有在挣扎，也没有试图浮出水面，她心里不禁害怕起来。

她的手指握住那个浅色东西的时候，她知道自己是对的。就是海伦，但她似乎已经没有了生命。迪伦试图拉着海伦回到水面，但灵魂拖起来死沉死沉的。迪伦的肺灼痛不已，她的身体尖叫着想要氧气，然后，她冲出了水面。

"海伦！"她呛咳着喊道，水从她的鼻子里流出，头发贴在脸上，"海伦，能听到我说话吗？你还好吗？"

她试图改变姿势，想把海伦的身体抬出水面，可灵魂无力地躺在她的怀里，脸栽入了水中。

"海伦！"灵魂是不会淹死的，她不可能死。毕竟她已经死过一次了！迪伦又摇了摇她，这次更用力了，"海伦，醒醒！"

海伦轻轻地呻吟了一声。她抬起头，吸了一口气，眼睛缓缓地睁开，然后，她露出惊恐的眼神，嘴里发出了声声尖叫。

迪伦只得到了这些警告，下一刻，海伦便被什么东西从她怀里拽走了。她试图阻止来者，试图抓住海伦身上她能够到的任何部位，但不管是什么东西抓住了她，都在迅速地把她往下拖。海伦试图阻止自己被拖走的势头，她的指甲划过迪伦的手臂，留下了血迹斑斑的抓痕。

迪伦潜入水中,想要跟上,但她在水中的动作笨拙而缓慢,相比之下,怪物却可以在湖水深处灵活地游来游去,就像它生来便是这样。

迪伦寻找着,直到肺部灼痛难耐。她必须呼吸,她的整个身体都因为缺乏氧气而颤动不已,但她不能返回水面。她必须找到海伦。海伦不能死,此外,她的责任比身体的疼痛和心里的恐惧更重要。海伦,她在心里呼唤道,你在哪里?

"海伦!"她用肺里最后一点空气呼唤灵魂,即使她知道这么做纯属徒劳。她以为自己什么也不会听到。

但她听到了一声尖叫。

简直不可思议。那个声音在水中荡漾,在迪伦周围回荡,可谓怪异至极,撕裂了迪伦的神经。它是如此高亢,仿佛弹错音符发出的刺耳声。这是迪伦第一次听到这种声音。

把迪伦和海伦联系在一起的纽带断裂了,它像松紧带一样撞击着迪伦。她以前从未有过这样的感觉,但她立刻明白了这意味着什么。海伦不存在了。这看似是不可能的事,也确实应该是不可能的事,在荒原中,没有什么能像这样切断摆渡人和灵魂之间的联系。

有那么一会儿,迪伦震惊不已,接着,求生的本能占据了上风,她开始向水面游去,向空气游去。她急需呼吸新鲜空气。她的太阳穴突突地痛,肺部灼痛难忍。她试着离开漆黑的深渊,感觉手指已经麻木了。

第一口呼吸的感觉幸福至极。第二口呼吸后,她的身体出现了痉挛,干呕不止,喘不过气。

但她没能再呼吸一次。

有锋利的爪子突然刺进了她的大腿。迪伦尖叫着沉了下去,水灌进了她的嘴里。她不停地扭动、翻腾,试图把抓住她的东西甩掉。那东西和以前不一样了,要小得多。绝不是那个有触须的怪物,这东西动作迅疾,能刺人。

迪伦在水里扭动着,成功地抓住了钩住自己大腿的东西,一把将其扯开。她突然感到一阵剧痛,还有一股热气告诉她,她的血流进了湖里。她很清楚血液会刺激捕食者,但她对此无能为力,她也没有时间去害怕。她游回水面,猛地吸了一口气,随即转过身,发现有什么东西向她扑了过来。

她下意识地举起双手,在它撞到自己的脸之前抓住了它。邪恶而锋利的牙齿擦着迪伦的鼻子划了过去,就在这时,她与那个……魔灵正好对视了一眼。海伦的脸已经没有了往昔的模样。它萎缩塌陷,扭曲得如同噩梦里的怪物。她的皮肤本来像瓷器一样洁白无瑕,现在却变成了斑驳的绿灰色,还有她的眼睛……完全没有了海伦的影子。那对眸子里什么都没有。只有憎恨,只有疯狂。

"海伦。"迪伦呜咽着说,挣扎着让自己的头露出水面,而魔灵海伦则张开血盆大口冲着迪伦的脸咬了过来。它要咬迪伦的喉咙。

"你这是怎么了？"

海伦答不上来。由于无法接近迪伦，魔化的灵魂开始不停地扭动，试图逃脱。可迪伦死死抓着它不放。如果她能把海伦带到家园，他们也许能做点什么，也许可以想办法治好她。

她还可能挣脱，去伤害在那里毫无戒心地等待着的灵魂。

迪伦爆发出一声呜咽，将魔灵从身边甩开，开始向岸边游去。她才匆匆向前游了三下，就再次受到了攻击。这次是双重夹击。一条粗大的触角忽地缠绕住了她的脚踝，与此同时，魔灵如同利刃一般，猛地刺进了她的肋部。怪物和魔灵海伦竟然一起展开了攻击。

不，迪伦心想。她不想死，也不想变成魔灵。她又是踢又是打，想要挣脱它们两个，或者说其中任何一个，可她只是白费力气。缠住她脚踝的触须感觉像蟒蛇一样粗，把她向后拖去，较小的魔灵则用爪子更紧地抓着她，绝不容许她逃脱。迪伦大惊失色，剩下的气泡都从她嘴里冒了出来，于是她出于本能试着吸气，却被呛得咳嗽起来，不住地作呕，把嘴里的水吐出来，一种奇怪的无力感占据了她的身体，她的心里充满了恐惧。

就在此时，她的头顶上方突然响起了一声闷响，把她从惊惧的麻痹中唤醒过来。她哆嗦了一下，感到有个又大又结实的东西刮擦着她的肩膀，她感觉奇痛无比。过了一会儿，她才意识到那是一艘船。可见到那艘船一点点划开，恐惧再度将她包围了。

我在这儿，她心想。我就在这里。救我！

那艘船没有停下。它继续向前,直划向怪物。接着,怪物被猛地一推,迪伦立即感到脚踝上传来了一阵剧痛。它抓得更紧了,她真担心自己的骨头会断掉。就在她疼得受不了的时候,抓住她的东西突然松开了。她悬在水里,不敢相信自己重获了自由。过了一会儿,有什么东西抓住她的头发,使劲儿地拽她。迪伦向上伸出手,不管新来的怪物是什么,她都想将其打跑,但那个人……也许是什么东西转而抓住了她的双肩,把手伸到她的腋下。她被钩住,往上拉去。她眨了眨眼睛,发现自己居然到了一艘划艇的船底,一副长着金黄色头发的熟悉面孔出现在她的面前,是崔斯坦。

崔斯坦将魔灵海伦从她的身上拽开,她尖叫一声,看着他把它从船上扔了出去。魔灵扑通一声落在水里,然后不停地扭动、拍打,又从水面上一跃而起。迪伦屏息凝神地看着,想看看它是否会转身回来攻击他们,但它似乎根本不知道他们还在那里。它好像很困惑,又落进了水里,随即又弹了起来,它不清楚自己是应该游泳还是飞行。最后,它高高地飞了起来,掠过水面,在靠近岸边的地方消失了。

"那是什么?"崔斯坦喘着粗气说,"湖里到底有什么东西?"

迪伦盯着海伦消失的方向。不,不是海伦。不再是了。

"我不知道,"她说,"趁那两个怪物还没回来,我们还是离开这里吧。"

第二十五章

　　斯特恩站在他在家园创造出的一小片空间中，等待其余审判官的到来。他平生第一次感到……紧张。他告诉自己这太荒谬了。他是一名审判官，他没有感觉。但是，他被赋予了一项责任，而且是其他人都不知道的责任。他以前不过是所有审判官中的一员，是集体的一部分，就像机器上的一个齿轮。而现在，他肩负着一项只有他自己一力承担的责任。

　　随着兄弟们一个接一个地出现，他感到内心的紧张变得越发强烈。他静静地站着，等待着。他太专注了，一开始并没有意识到他不是唯一一个紧张的人。房间里弥漫着急切和忧虑的情绪。一股异样的感觉回荡着，犹如锣声哐哐作响。然而，并没有人说话。他们都等待着，强迫自己忍耐着，而这样的情绪根本无法假装成耐心。斯特恩把他们召唤到这里来，他们理所当然地认为他有消息要公布。

他不知道他们会作何反应。

接着，他又不敢相信自己居然在怀疑这一点。

决定早已做出，不必讨论。他们对这件事的看法无关紧要，就连斯特恩本人的看法亦不重要。这样对吗？毕竟后果需要他们来承担。

这同样不重要。

"可以开始了吗？"他问道。

他看见审判官们环视了一下房间，还看到不止一个人的眉头紧蹙着，他们已经留意到有谁在场，有谁缺席。

"人还没有到齐。"托尔斯腾提醒道。

"是的。"斯特恩回答说。

托尔斯腾并没有环顾四周再数一遍。他们的人数本就不多，一眼就能看出少了一个。

"我不明白。"他说。

"斯特恩，"列夫慢慢地说，"比格尔在哪儿？"

"不在了。"斯特恩回答。

"不在了？"列夫重复道，"他去哪儿了？"接着，他恍然大悟，"怪物。难道是湖里的怪物？"

"不错。"

本来笼罩在房间里的紧张气氛一下子达到了顶点。审判官向来独来独往，他们庄重严肃，不会衰老，但此时此刻，他们焦躁不安地走来走去。

"怪物怎么可能掳走我们中的一员？"伊尔萨低声问，"那东西是从哪儿来的？"

他们不明白。坦白地说，这是可以理解的。斯特恩自己也难以理解。

"那个怪物是从我们当中来的。"他解释道，"怪物没有掳走比格尔，它就是比格尔。"

过了很久，审判官们才消化了这个消息。

"怎么会这样？"终于，托尔斯腾说，"这怎么可能？"

"我也……不确定。"斯特恩坦白道，"我感觉到比格尔发生了变化。他的行为有些异乎寻常。但我没有意识到他的内心越来越阴暗，我没能预见到将要发生的事。"

"你怎么可能预见到？"伊尔萨说道，"我们又有谁能预见到？这种事可谓前所未有。这简直……"

"……难以置信。"托尔斯腾替他说完。他看着斯特恩，"你确定吗？"

"是的。"

"你为什么这么确定？"

这个问题里并未夹杂着挑衅或怀疑。这就是一个问题，是一个审判官希望另一个审判官为自己解惑。

斯特恩却不得不拒绝回答。

"是有人告诉我的。"他说。

"有人告诉你?"

"或者说,我得到的通知就是这样。"他只能说这些了。即使他想说,能说的也只有这么多。他若想透露更多,就会有无形的手掐住他的舌头,不让他的肺呼吸。他收到的通知仅限于他一个人知道。这样的重担,让人有苦难言。

"有人告诉我,比格尔入了魔道。"他重复道,"他深陷在情感的旋涡里不能自拔,他太执着了。这彻底毁了他。"

这一点信息,他可以说出来。

斯特恩看着审判官们彼此交换了一下眼神。他看到他们很惊讶,却并未产生怀疑。他没有感觉到怀疑,甚至没有人因为他被单独选中可以知悉内情因而高出其他人一等就心怀怨恨。

他早就料到其他人不会表现出这样的情绪,毕竟他们是审判官,不容易受野心或嫉妒的影响。但现在发生了比格尔的事,他不得不提高警惕。他不希望再因为让比格尔入魔的疯狂而失去一个手足。

"那现在该怎么办?"卡雷问道,推进了谈话,"也许我们可以抓住怪物,把他拯救出来。我们可以把比格尔从深渊里带出来。"

"我们怎么知道比格尔的意识是否还在?"伊尔萨问道,"你见过那个怪物吗?你看过湖上摆渡人的记忆了吗?如果比格尔,如果我们所了解的那个司官,仍然存在于那个怪物体内,也是被埋藏在了深处。"

"你不认为我们应该试试?"卡雷说。

"他掠走了一个灵魂。"伊尔萨反驳道,"他把那个灵魂掳到水下,把她变成了一个肮脏邪恶的魔灵,还把那个魔灵放进了荒原。这是无法挽回的。"

"你有什么资格说这样的话?"托尔斯腾问,"再说了,即便我们不去拯救比格尔,难道我们就任由他留在那里,继续伤害别的灵魂?"

"我们不能任由怪物留在那里。"列夫表示同意,"它随时都可能再次发动攻击。"他停顿了一下,眼中流露出惊惶的神色,"能将它消灭吗?"

"只有人间才有死亡。"卡雷指出。

"以前荒原里也没有怪物!"列夫争辩道。

"那怪物要留在湖里。"斯特恩没有提高声音。他说得很平静,不带感情,但他的声音在房间里回荡。其他审判官错愕不已,一句话也说不出来。

"斯特恩,"托尔斯腾终于说,"不能让它留下来。那太危险……"

"但它将留在湖里。"斯特恩答道,"已经决定了。"

谁做的决定?这个问题悬在空气中,但没有人提出来。众人都知道不可能得到答案,那还有什么必要提问?

"它很可能再度发动袭击，"卡雷指出，"它可能会掳走灵魂，让他们无法进入家园。"

"有这个可能。"斯特恩表示同意。

"那为什么还要这么做？"

"我不确定。"斯特恩闪烁其词。

"但你知道个中缘由。"

他的确知道。但只是猜测而已。他很清楚，假如他说出自己的想法，那他作为传声筒和中间人的新身份，会让这些想法更具可信度。

这时托尔斯腾开口了，他正好借此脱身。托尔斯腾通常都是他们当中最沉默寡言、最公正的人，他哼了一声。

"这么做是为了减员。"他说，"人类的数量在大规模地提升，而且并没有趋于平稳。数字还在不断增加，他们只会越来越多。在我看来，用这种办法可以减少群体数量。"

"这算不上什么好主意。"伊尔萨说，"不管他变得多可怕，也只有他自己一个。"

"那片湖是所有灵魂的必经之路。"托尔斯腾提醒大家，"我担心的是，这个变化只是个开始而已。谁知道接下来还会有什么状况发生。"

斯特恩强忍住没有说话。托尔斯腾是对的。还会有更多的危险，一切都是未知数。荒原再也回不到从前了。

第二十六章

他们靠岸时,船底摩擦着岸边的卵石,发出响亮的嘎吱声。迪伦没有动,依然蜷缩在船内,她浑身颤抖,眼泪止不住地流。她浑身都湿透了,头发贴在脸上。她的胳膊和双腿传来锥心的疼痛,这是她在水中与怪物搏斗的结果。她深吸了一口气,却被呛了一下,剧烈地咳嗽起来,又吐出了一口含有沙砾的黑色湖水。那味道沉重地压在她的舌头上,像汽油一样,她试图用牙齿把它刮掉。

"你还好吗?"崔斯坦问道。

这是他把她拖上岸之后对她说的第一句话。他以最快的速度把船划离湖面,根本腾不出力气说话,况且迪伦惊魂未定,他即便问了,她也回答不出。

她现在处在深深的震惊当中,她那受到惊吓的大脑虽然理解了崔斯坦的话,她却想不出任何话来回应。

"我失去了我的灵魂。"她说。

与此相比,她自己是否安好,根本无关紧要。

一只温暖的手握住了她的左手,然后另一只手托住了她的胳膊肘。那两只手把她往上拉,直到她摇摇晃晃地站了起来。世界在旋转,四周的景色时而清晰时而模糊,迪伦连忙闭上了眼睛。她呻吟一声。她的胃翻腾着,一股肾上腺素涌上全身,接下来她所知道的就是自己紧紧抓住船边,冲着船外呕吐了起来。

这一次味道并没有变化,但迪伦已然精疲力竭,无法消除舌头上的苦味。她颤颤巍巍地抽泣了一声,把头靠在木头船身上。

崔斯坦从船里爬出来,开始把船推到湖岸上较远的地方,她在船里的姿势变得越发不舒服,额头下船身的锋利边缘摇来晃去,但她没有抬起头。她感觉糟透了,只想待在这里。她感觉头昏脑涨,肌肉酸痛,胃里不停地翻腾。即便是这样,也胜过站起来面对现实。

"迪伦。"崔斯坦就站在她身边,但比起她耳边的咆哮声,他的声音听起来微不可闻。她没有理会他,就像昨天他不理她一样。如果她能忽略一切,也许这一切最终就将消失。"好了,迪伦。你该动一动了。"

她摇了摇头。她不必动,她不必抬头,她不必接受发生的事。

即使她这样想,她也知道那都是谎言。但她由着自己相信这些谎言,哪怕只是一瞬间。在她站起来面对现实之前,就让她软弱一会儿吧。

"迪伦!"另一个声音响起,这个声音很远,在叫她的名字。那是萨利惊慌失措的喊叫划破了迪伦脑海中的迷雾,这是崔斯坦无法做到的。

迪伦把手放在身下,用颤抖的手臂支撑着直起身来,准备面对沿着湖边跑来的迎灵官。

免得自己找个地方躲起来,免得自己落荒而逃。

"她来这里做什么?"崔斯坦问道。

迪伦把湿漉漉的头发从眼前拨开,瞥了他一眼。他皱着眉头,看起来一头雾水,这是可以理解的。从来没有迎灵官到过荒原上这么远的地方。除了偶尔有审判官来,这片位于人间和家园之间的空间向来就只有摆渡人和灵魂往来。

"她是来找我的。"她嘶哑地说。不,不完全是,"她是来找我摆渡的灵魂的。"

萨利以超自然的速度拉近了他们之间的距离,随着她急速奔跑,她的长袍摆动着,看来十分飘逸。迪伦抓住船边,手指抠进粗糙的木头里,强忍着才没有别开脸,没有把目光从迎灵官身上移开。

是时候面对现实了。

"迪伦。"萨利猛地收住脚步,喘着气说。她的眼神很狂野,双手紧握成拳,"你还好吗?"

不好，一点也不好。迪伦张开嘴，本想撒个谎，但说出来的却是另一个问题的答案。

"我很抱歉。我很抱歉！"

"你……怎么了？"

"海伦，"迪伦脱口而出，"我失去了海伦。"

"啊，迪伦。"萨利喘着粗气说，"那不是你的错。"

可的确是她的错。

"她是我负责摆渡的灵魂，是我的责任。你托付我带她去家园，带她穿越荒原与托比团聚。你信任我，我却辜负了你。"

她仍然不明白发生了什么事，也不清楚湖里袭击她们的是什么东西，但该由她来面对那个怪物，该由她来保护海伦不受怪物的伤害，而她没有做到。

迪伦再次望着湖水。现在水面很平静，不过那种陌生的感觉依然存在，水漆黑油腻。再也没有清澈纯洁的湖水了。某种奇怪的感觉告诉她，湖水永远都会这样，再也回不到以前了。

同样的感觉在低声说：这种全新的恐怖只是个开始。

"那东西是什么？"崔斯坦插话道，"它一直跟着我们，不停敲打船底。我的灵魂都吓坏了，到现在都没缓过来。"

迪伦吃惊地眨了眨眼。崔斯坦身边当然会有灵魂。他在荒原里，就是为了这个原因。

但他现在忘记了自己的职责。迪伦回头一看，只见那个灵魂的光芒在附近徘徊。不过他并不孤单，还有一两个摆渡人在那里观望，他们的灵魂都在他们身边，但大多数摆渡人早已跑得无影无踪了。

水面上已经没有人了。

"我不能说那是什么。"萨利说，她的样子沮丧极了，眼睛望着湖的中心。接着，她打起精神，注视着崔斯坦。"你应该回去找你的灵魂了。我会陪着迪伦的。"

崔斯坦看样子很想争辩两句，迪伦甚至希望他这么做。她感到浑身无力，一直在发抖，心头的恐惧依然挥之不去。她真希望崔斯坦能陪着她、安慰她。崔斯坦凝视着她，她仿佛在他的眼睛里看到了同样的渴望。

"当然。"他答道，粉碎了那个希望，"迪伦，你现在没事了吧？"

她点了点头。她还能怎么做呢？

崔斯坦喃喃地向萨利说了声"再见"，迎灵官轻声许诺会陪着迪伦，再加上他看到迪伦确实好多了，便迈步离开，他找到了他的灵魂，带着灵魂沿小路远离湖水，向家园走去。

他离开后，迪伦的身体出现了异样的晃动。这就像是他一直在支撑着她的身体。尽管她觉得双腿撑不住，她还是爬起来翻身下船，跌跌撞撞地沿着湖岸走了一小段路，接着她转过身，重重地坐了下来。坐在这里很不舒服，鹅卵石深深地扎进了她的后背，但她没有力气站起来。

萨利默默地看着她挣扎着从船里出来，她的手臂笨拙地伸在面前,仿佛很想过去搀扶她,却又不确定是否可以触摸她。她和迪伦一起走到岸边,然后站在她身边,凝视着水面。

沉默在她们之间延伸开来,就像一根绷紧的弦,迪伦想拨动它,就算是听听回音也好,就算是为了让那根线不再紧绷。她在砾石上动了动,刮擦声响亮刺耳,加剧了她的不适。

"对不起。"她再次道歉,"我……尽力了。如果我们能待在船上,也许就能逃过一劫。可后来船断裂成了两半,我们掉进了水里,我们根本无力反抗。"

她摇了摇头,泪水涌上了眼眶。

当时的情形在她的脑海里已经变得支离破碎。她只能回忆起一些片段。而有些恐怖的时刻在记忆中却异常清晰,每每想起,都痛苦至极。海伦在船上的神情,惊恐仿佛蚀刻在了她的面孔上。灵魂海伦扑通一声掉进了水里,溅起了很大的水花。迪伦的手在黑暗中划来划去,四处摸索寻找。还有受伤后的剧痛。怪物抓住她的脚踝,魔灵海伦的爪子刺穿了她的肋部。

她突然想起了受伤的事,于是伸出手。她的手指在浸湿的毛衣里面摸索着,拿出来后,手上沾着红色的血迹。她这才发现伤口一阵阵剧烈地疼痛着。

"你不能说那东西是什么。"她重复着萨利之前的话,眯起眼睛看着迎灵官,"但你是知道的,对吗?"

起初迪伦以为萨利不会回答。她什么也没说,只是望着如今已经平静下来的水面。湖上静悄悄的,将新出现的恐怖之物隐藏在湖面之下。最后,她叹了口气,低头看向一边,仍然没有直视迪伦的眼睛。

"是的,我知道是谁。"

"难道那东西原本不是怪物?"迪伦吃惊地回答。

"我……啊!"萨利用手捂住了嘴巴。她投向迪伦的眼神是在恳求,"我可没这么说。求你了。"

"好吧。"迪伦慢慢地说。她的思绪缓慢而混乱,她知道其中有些诀窍自己还没有完全领会。"它是从哪儿来的?"

"拜托,"萨利恳求道,"这些问题我无法回答。"

"那东西想淹死我。"迪伦指出,"它还夺走了我的灵魂。我有权知道。"

"那你必须去问审判官。"萨利脸色严肃,语气很坚决。

迪伦很不满意,五官都皱缩成了一团。萨利若是不说,她知道自己根本没有机会从审判官那里得到答案。

"现在呢?"她换了个话题,问道,"托比会怎么样?"

刹那间,萨利的表情从严峻变成了痛苦。

"他永远都将是现在的样子。"她说,"托儿所将永远是他的家。"

"他永远也不会长大了吗?"迪伦惊愕地问,"他永远不会变老了?"

"不会了。"萨利答道,"毕竟现在只有他一个。"

想到那个还只是婴孩的灵魂要无休止地在那里等待,看着其他孩子来了又走,永远不明白为什么,迪伦不禁难过得喉咙发紧。她咽了口唾沫,感觉像是有碎玻璃滑进了她的胃里。

"我很抱歉。"她哑着嗓子说,责任感又一次沉重地落在她的肩上,"我很抱歉,萨利。"

"至少他不会知道。"迎灵官说,她的声音像是从异常遥远的地方传来的,"他太小了,还并不明白自己一个人,不会有人来接他。不过,他一定会感到失落吧?"她转向迪伦,眼里含着泪水。"他一定很想他的妈妈。我和他在一起的时候,我想我弥补了一些,但是现在……"她哽咽起来,"现在我甚至不能去看望他。"

"也许审判官会重新考虑。"迪伦说,不顾一切地想给萨利一些希望,"现在情况已经改变了。"

萨利朝她露出一抹淡淡的微笑。"不。"她说,"我不这么认为。我答应过不去管那个孩子,我必须信守诺言。但是来吧,我必须把你搀扶起来,得带你离开这里。你浑身湿透了,还在流血!"

萨利弯下腰,挽住迪伦的胳膊,用温和但不可抗拒的法力把迪伦搀扶了起来。她有些摇晃,感觉头昏眼花,但萨利搀扶她一直站着。

"我不清楚现在会怎么样。"她说,"我失去了灵魂。她虽然还在这里,却再也不是她了。我能感觉到我和她之间的联系中断了。我不知道现在该怎么办。我不知道该怎么……我该怎么去接下一个灵魂。"

"我先带你去家园吧。"萨利建议道,轻轻地把迪伦从湖边带开,"我们先给你梳洗一番,然后,我会找一位审判官来。"

然而,当她们转过身,面对着从荒原通向记录室的小路时,已经有一位审判官站在路上等着她了。迪伦呆住了,感觉到有危险迫近,萨利在她身边倒吸了一口气。

"斯特恩!"她脱口而出。

"萨利!"审判官向迎灵官打招呼,然后他与迪伦对视了一眼,轻轻点了点头,算是表示知道她也在场。他又看着萨利,"有些东西你必须去看看。在记录室。"他瞥了迪伦一眼,不悦地皱起眉头,"带上这个摆渡人。"

然后他便消失不见了。

第二十七章

"我只是……我的意思是,我的生命有什么意义?"琳赛喘着粗气,在一个山崖边停了下来。她是一个圆润的女人,穿越荒原的旅程对她来说是一个挑战,但她表现得平静而坚定,到了第二天天黑的时候,她登上了一座高大山丘的顶端。她之前攀上过一座较矮的山丘,当时她的脸颊红扑扑的,眼睛很明亮。

但此时此刻,她的眉头紧紧皱在了一起。

"什么意思?"苏珊娜问,"我摆渡过成千上万的灵魂。从你告诉我的情况来看,你的人生听起来挺完满的。"

"我以前也这么认为。"琳赛回答说,"我还以为自己很有成就!"

苏珊娜把头歪向一边:"不是吗?"

"怎么可能?"琳赛举起双手,一反常态地大发脾气,"我上学的时候一直埋头读书,我妈妈告诉我,我想取得成功,就必须好好学习。其他孩子在大学参加聚会,我则在钻研解剖学教科书。他们逃课去湖边玩乐,而我在实验室里解剖尸体直到天黑。后来我去医院实习,我都不用说那压榨了我多少时间。我根本没有机会过自己的生活!"

"但你想成为一名医生。"苏珊娜指出,"这不仅仅是你父母对你的期望,对吗?这也是你的理想。"

"是的。"琳赛同意道,她的手重重地垂下来,拍打在大腿上,"但我以为自己是在帮助别人,是在拯救他们。每次我在急诊室救回一个病人,我都以为自己让他们重获了新生。可事实并非如此,对吗?我只是延长了他们在……你们是怎么称呼的来着……"

"人间。"

"没错。"琳赛哼了一声,"在人间,大多数人的生活都很糟糕。假若我由着他们死掉,他们就会来这里。在这里,他们不用担心钱,也不会有痛苦。在这里,他们可以过得很幸福。但是不,我偏偏要用我的小电极棒把他们拖回来,这样他们就可以在银行再干 20 年,而他们之所以一开始在 42 岁就得了心脏病,正是因为银行的工作压力太大。"

"这是一个非常特殊的例子。"苏珊娜插嘴说,脸上浮现出希望的微笑。

琳赛没听懂这个笑话。她盯着苏珊娜的眼神非常严肃。

"你不知道这样的情况有多常见。人们因为工作而英年早逝。"这一次，她大笑起来，"我在说什么，你当然知道！"

苏珊娜露出痛苦的表情。

"我只是……"琳赛摇了摇头，"我本可以做别的事。我本可以过别样的人生。那样我就会有很多时间去环游世界，去结交重要的朋友，而不是守着我的咖啡机和解剖学课本过日子。"

"听着。"苏珊娜说，灵魂别开脸，但她走过去，与琳赛对视。一阵冷风吹起，显示出灵魂有多痛苦，"当医生让你有成就感吗？"

琳赛良久都没有回答，但最终灵魂喃喃地说："是的。"

"你喜欢这个挑战吗？你是不是很想看看自己能不能做到？能不能应付？"苏珊娜顿了顿，一边眉毛挑了起来，"是不是想看看自己能不能出类拔萃，在班里排名前百分之十？"

"是前百分之七。"琳赛纠正道。

"百分之七。"苏珊娜说道，"是吗？"

"是的，但是……"

"为什么一定要有'但是'？"苏珊娜插口道，"好吧，你的确没能做你想做的事，但你说你的人生毫无意义，这我可不能苟同，绝对不能。你所取得的成就是非常难以取得的，你有理由为此感到自豪。是的，你延长了人们在人间的时间，也许其实并没这个必要，但对他们中的很多人来说，这意味着与朋友或家人团聚的间隔缩短了。有时候,丈夫或妻子要等上好几年,他们的伴侣才能在家园与他们相会,孩子们等了几十年才能再见到父母。这也许不是你期望的不同,但你确实创造了不同。"

"我救活的人,也许他们的配偶或父母已经在等他们了。"琳赛指出,但她眼中的痛苦消失了,风停了。

"真的吗?"苏珊娜夸张地举起双手,换来了对方的微笑。"我们所能做的,无非就是根据我们所掌握的信息做出最好的选择。"她再次变得严肃起来,"你就是这么做的。"

"你说得对。"

"那当然。"

两人都笑了起来,笑声在她们面前延伸的大地上回荡。

"我很期待见到我妈妈。"琳赛承认道,"我要告诉她我做到了,她听了一定会很高兴的。她的梦想是让我成为一名医生。"

"你会告诉她这是浪费时间吗?"苏珊娜把头歪向一边,问道。

"不。"琳赛答,"但如果她问我为什么不结婚,我就跟她说说我那噩梦般的日程安排,肯定会叫她目瞪口呆!"

"来吧。"苏珊娜笑着说,"我们下山吧。现在离得不远了。"

"真的吗?"琳赛喜笑颜开,举起一只手搭在额头上,凝视着荒原,"能看见吗?"

"不行。倒也没有那么近。但你看到那个山谷了吗?过了山谷有一片湖,到时候我们划船过湖,很快的。我划船,你坐在船里。"

看到琳赛惊恐地盯着自己,苏珊娜连忙补充道,"过了湖就到了。最多两天的路程。我们今晚在山谷这边停下来休息,天亮了再穿过山谷。幸运的话,明天就能到达湖对岸。"

"现在还不太晚。"琳赛指出。太阳从云层间探出头来,仍然高高地挂在山上。"干脆我们现在穿过山谷,到了湖边再休息吧?听起来很不错。"

"实际上要比看起来远得多。"苏珊娜有些犹豫地说,"等我们穿过山谷的时候天都快黑了。"

"我们能做到!"琳赛说,"就算我会累,那也要怪我自己的主意,我保证不会抱怨。"

苏珊娜大笑起来。琳赛在头一天半的时间里一直在抱怨脚疼、背疼,要不就是嫌天太热、太冷或太潮湿。

"好吧。我们可以做到。"

琳赛高兴地朝苏珊娜竖起大拇指,然后便带着更坚定的决心快乐地跑下山去,手臂来回摆动着。苏珊娜跟在后面几步,抬头看了看天空。现在是下午三点左右,但等到太阳落在山谷的悬崖后面,光线很快就会被吸走。到时候她们走起路来肯定磕磕绊绊,到湖边时就要伸手不见五指了。她认为这倒也无所谓,但摆渡琳赛这样的灵魂让人心情愉快,毕竟并不是每个灵魂都像她这样,所以苏珊娜并不希望她这么快就进入家园。

她对自己说,你又安全地摆渡了一个灵魂。毕竟,这是你的工作。

苏珊娜愉快坚定的情绪一直持续到下山、穿过草地。即便如此，当她们到达山谷时，那里还是笼罩着浓浓的阴影。

"太吓人了。"琳赛说，眼睛盯着裸露的岩壁和砾石山坡上的带刺灌木。

"没必要今天过山谷。"苏珊娜提醒她，"你可以改变主意。"

"不，没关系。只是……刚才看来不是这样的。我能做到。"

"那好吧。"苏珊娜开始往前走，这次她走在前面，琳赛紧随其后。

苏珊娜感觉到不对劲的时候，她们已经在山谷里走了三分之一的路程了。那种感觉奇怪极了。她总觉得有人盯着她，脖子后面传来阵阵刺痛。她立即转身望向身后的路，但后面并没有摆渡人带着灵魂赶路。其他人要么早些时候已经过去，要么停在山谷入口的空地休息。

现在仔细想来，她也觉得她们应该这么做。

"一切都好吗？"琳赛问道。

她现在直喘粗气，先前的活力在渐渐消失。她们的速度也慢了下来。一整天都能看到有摆渡人带着灵魂在她们前面赶路，现在，他们已经走远了，把苏珊娜和琳赛甩在了后面。山谷里只有她们两个。虽然苏珊娜已经走过千万次，对这里的一切都很熟悉，但说来也怪，她总感觉很不对劲。

"很好。"她不假思索地回答，"只是……"

"只是？"

"没什么。真的没什么。"苏珊娜强挤出一丝微笑,"我们继续走吧,好吗?"

她们刚走了几步,她又停了下来。

"怎么了?"琳赛问道,"你可别说没什么,都在你脸上写着呢。"

"我不确定。"苏珊娜答,她再也无法说谎了,"你……你听到了吗?"

"什么?"

"你听。"

琳赛停顿了一下,把头歪向一边。只过了一会儿,她就开口说:"我没有……"

"嘘!"苏珊娜举起一只手。她凝视着夜空,"你听!"

"我听到了!"琳赛睁大眼睛说,"听起来像只猫。"

"荒原里没有猫。"苏珊娜答,她的声音压得很低,"你确定那声音像猫吗?"

"是的。"琳赛皱着眉头说,"我有个朋友叫安德里亚,她是兽医。有一天我没事做,就去了她的诊所,还给她带了午餐。我要是不给她带,她准忘记吃。总之……"她看到苏珊娜不耐烦的表情,便回归正题,"有人带来了一只流浪猫。它被关在笼子里,像是发了疯,带它来的女士为了安抚它,就想把它放出来,这时安德里亚尖叫一声,让她千万别打开笼子,还要她把笼子放下就走开。"

"什么?"苏珊娜秀眉紧蹙,"为什么?"

"那只猫得了狂犬病。"琳赛解释说,"它们得了这种病,就会变得极具攻击性,如果它们咬了你,你也会被感染。"她深深吸了一口气,那种低沉刺耳的嚎叫声仿佛又在她的脑海里响了起来。"那只猫的叫声和现在这种声音很像。"她大笑一声,"僵尸猫,我叫它僵尸猫。"

"不管有没有狂犬病,那都不是猫。"苏珊娜说,"不可能是。荒原里除了摆渡人和灵魂,什么都不存在。"

"那是什么呢?"琳赛低声说。那声音又来了,越来越大,越来越近,几乎盖过了她的话。

"我不知道。"苏珊娜低声回答。她盲目地伸手拉住琳赛的手,朝与那声音相反的方向走了两步,"但我认为我们不应该原地不动。走吧。"

她转过身,开始沿小路快步走了起来,双脚踩在砾石上嘎吱直响。琳赛试图跟上,她们虽然只停了一会儿,但天幕已经黑了,她根本看不清路。灵魂跌跌撞撞地走着,苏珊娜几乎是在拖着她前进。

如果她必须这么做,那就这样吧。

苏珊娜才走了不到十几步,忽地意识到她们走错了方向。要是往回走,从来时的路退出山谷,路程短得多。但不管发出声音的是什么东西,都在她们身后。如果她们掉头,肯定会碰到那东西。苏珊娜凭直觉知道,到时候她们不可能毫发无伤。

"苏珊娜,等等。等一下。我看不见了。"琳赛喘着粗气,已经没有力气加快速度了,"我们要去哪里?"

"离开山谷。"苏珊娜回答,她咬紧牙关,更用力地拉着琳赛,"那儿有栋小屋,我们可以去里面暂避一下。"

一栋没有门只有半个屋顶的小屋,但能待在四面墙之间,苏珊娜会感觉好一些。她们在山谷里无遮无掩,两侧山坡又很陡峭,她们只能前往一个方向。

"苏珊娜……"

苏珊娜转过身,安慰的话已经到了嘴边,但当她看到后面的情形,就什么也说不出来了。琳赛仍然抓着她的手,但她的身体已经调转,双脚向侧面移动,而她的眼睛则死死盯着小路。有个东西正沿小路快速向她们袭来。

说不清那东西到底是什么,苏珊娜找不到合适的词来形容。它有一张脸,眼睛闪动着可怕的光芒,嘴巴张得大大的,不断有吼声从嘴里传出来。它有身体,不过它的身体很瘦小,裹着奇怪的破布,那可能是它的衣服,也可能是它的皮肤,她无法确定。它也有四肢,从破布条中伸出来,肢端长着致命的爪子。

"那是什么?"琳赛气喘吁吁地说。

"我不知道。"苏珊娜回答。

即便她们拔腿狂奔,也不可能比它快。毕竟它飞起来快得吓人,而苏珊娜还要拖着琳赛。灵魂尽了最大的努力,但昏暗的天色对她而言是一大阻力,她的思想尚未调整过来,没有意识到身体不过是思想的投射而已。

苏珊娜深吸了一口气，她立即改变姿势，过去挡在琳赛和飞向她们的那个东西之间，也许该叫它怪物才对。它移动起来很怪，先是向前猛冲一阵，接着开始下降，仅在地面上方几英尺的高度慢速前进，渐渐地又开始摇来晃去地高高飞起。不过，有一点不容置疑：它的目标是她们两个。

苏珊娜站稳后稍微蹲下身子，伸出双臂保护灵魂，也是在保护她自己。那些爪子看起来像剃刀一样锋利，张开的嘴巴里可能藏着利齿。苏珊娜不会死，反正她是这么觉得的，但这并不表示她不会受伤。

"苏珊娜！"琳赛尖叫着呼喊她的名字，这时，那东西已经飞过最后几英尺，来到了她们跟前。苏珊娜感到有一只手紧紧抓住了自己的肩膀，限制了她的行动。她伸手去拍打，却没有打中。因为琳赛拖住了她，她只能站在原地，不能移动，但这无关紧要。那东西离得太近了，苏珊娜都能闻到它散发出的腐烂气味，但随后它躲到一边，从她们身边掠了过去。

"它在哪儿？它去哪儿了？"琳赛哀号道。

"别出声！"苏珊娜吩咐道，"我需要仔细听。"

琳赛吸了一口气，但再也说不出话来，她的嘴无声地张开又闭上，像一条受到惊吓的金鱼。

在那里！苏珊娜猛地转向左边，一边转身一边松开了琳赛的手，正好看到那个怪物加快速度,从侧面又冲了过来。它又一次绕过苏珊娜,从琳赛身边擦过,琳赛吓得尖叫了起来。

"它抓住我了!"她说,"它抓住我了!看!"

她举起一只手,整个手臂都在颤抖,苏珊娜的眼睛瞪得溜圆,盯着琳赛手背上的几道伤口,可以看到伤口很深,血淋淋的。

"你在流血!"苏珊娜吃惊地喘着气说。

"太疼了,"琳赛抱怨道,"而且……"

"躲开!"苏珊娜刚好来得及一把将琳赛推到一边。奇怪的生物又杀了回来,这次它没有发出半点声音,伸着爪子径直朝琳赛的脖子抓了过来。苏珊娜把她推倒在地,随即身体一扭,伸手去抓怪物。她脑子里闪过一些想法,想把它的头撞到石头上,可惜她的速度不够快。她的手指拖过它那穿着破布条、软而轻的怪异身体,可当她收紧手上的力道,把手攥成拳头时,它已经不见了。

"该死的!"

"它去哪儿了?"琳赛问,她爬了起来,紧挨着苏珊娜,希望摆渡人能保护自己,"我看不见!"

"我也看不见。"苏珊娜喃喃地说。她的眼睛比人类灵魂的眼睛更敏锐,但山谷里伸手不见五指,而那个怪物似乎可以融入黑暗当中。

"苏珊娜……"

"没事的。"苏珊娜喃喃地说,本能地安慰起恐慌的琳赛,"这里是荒原,在这里没有什么能伤害你。"

但它已经弄得她伤痕累累了,不是吗?即使在黑暗中,苏珊娜也能看到琳赛手背上刺眼的鲜血。

"你已经不在人间了。"她改口道,"没有什么能夺走你的灵魂之火。知道吗?"

"你确定?"琳赛气喘吁吁地说。

在今天之前,在这一刻之前,苏珊娜一定会给出肯定的答案,而且她对此绝对肯定。可现在,怀疑像山谷里的阴影一样悄悄袭来。不过最好别告诉琳赛。

"是的。"她尽量让自己的话听起来充满信心。

"我不喜欢那个东西。"琳赛颤声说道,"它是什么?从哪儿来的?"

"我不知道。"苏珊娜说,就像她上次给出的答案一样。她不能责怪琳赛把说过的话再说一遍,毕竟同样的问题也不断闪过苏珊娜的大脑。"也许是……"

她的话只说到一半就说不下去了,那个怪声再度响了起来,那种怪异的咝咝声。片刻之后,苏珊娜意识到它是从她身后传来的。

她连忙转过身,向琳赛发出警告的呼喊在岩壁之间回荡着,她的手已经伸了出去。琳赛惊讶地睁大了眼睛盯着她。苏珊娜起初以为是她自己的动作惊吓到了灵魂。但接着琳赛开始尖叫,她的手伸向身后。苏珊娜明白是怎么回事之后,大量的肾上腺素随即在她的血管里奔涌，而琳赛却被向后扯了出去。她的脚磕绊着，死死拖在地上，试图阻止自己被拖走的势头，她的两只手则伸向苏珊娜。摆渡人扑向她，两人一起摔倒在地。

苏珊娜重重地落在地上，一块石头扎进了她的肋骨，她顿时疼得喘不过气来。然而，琳赛已经被抓走了。她被拖到了地下，身体消失在泥土和碎石之间，苏珊娜乱抓的双手里空空如也。苏珊娜最后看到的是琳赛惊恐的脸，她在冲着她尖叫。然后，山谷里就只剩下了摆渡人苏珊娜，唯一的声音是她惊恐抽泣的回声。

她的灵魂已经不在了。

第二十八章

　　她不应该在这里。是那个审判官让萨利带她来的……他叫斯特恩，反正萨利是这么叫他的。但是，当迪伦跟着迎灵官走进记录室时，她感觉自己就像一个躲在母亲身后的孩子。通往荒原的大门在他们身后被封住了，关门声在房间里回荡，就像牢房门砰地关上时发出的独特的铿锵声。萨利走进房间深处，随即走到一边，迪伦这才意识到一件怪事：记录室里竟然是空的。啊，到处都有迎灵官飘来飘去，但他们的脸上没有了平时的热情。此外，迪伦的心虽然跳得很快，但她还是快速数了一下：竟然有不少于三位审判官在场，却连一个灵魂都没有。

　　她以前从未见过记录室空着。当然，她每次都是带灵魂到这里来的,但这里总有其他灵魂。有时,房间里挤满了灵魂,空间不得不扩大,新的房间和私人角落自动形成,来接纳大量的灵魂。此时房间则缩小了,感觉很逼仄、狭窄,还十分隐秘。

"这边走。"斯特恩不知从哪里冒出来,出现在迪伦和萨利的正前方,他站得太近了,让人感到很不舒服。他的声音也很轻,还有些诡秘,不过并没有失去权威的锋芒。迪伦不由自主地蜷缩着肩膀,低下了头。她希望让自己显得渺小一些,不那么引人注目。她讨厌和审判官打交道。他们给人的感觉是那么……没有灵魂。这么说很奇怪,据迪伦所知,她自己也没有灵魂,但她懂得什么是热情,什么是个人的交往。她有感觉。

审判官转身背对她们,迪伦终于不必继续面对他严厉的目光了。看到萨利开始跟着他走向房间的后面,她也跟着这样做了。

"你知道发生了什么事吗?"她压低声音问萨利。

"不知道。"萨利用正常的音量回答,"可是,你有没有注意到……"

"这里连一个灵魂都没有。"迪伦为她说完剩下的话。

"是的。"

"你知道是怎么回事吗?"

萨利摇了摇头,这之后便没有时间交谈了。斯特恩停在一张大桌旁。桌面上放着一本大书,是一本记录簿。迪伦认得那厚重的封面和镶着金边的书页。记录簿打开到最后一页,三分之一的地方都写满了漂亮的字迹。

"你知道这是什么吗？"斯特恩问她。

迪伦没想到对方会直接与自己说话，不禁吓了一跳，但她还是点了点头。

"这是摆渡人的记录簿，记录着他们在荒原中摆渡过的所有灵魂。"

"你知道这是谁的吗？"

迪伦摇摇头，微微耸了耸肩。这时，她突然意识到斯特恩意图把话题引向何方。"我的？"她猜测道。

"就是你的。"他转过身不再看她，而是用锐利的目光瞧着萨利。"你来看看。"他说。

萨利向前挪了挪，好更清楚地看到那一页，迪伦忍不住跟着挪了挪。萨利身边没有她的位置，她也不愿意靠近审判官，便不得不站在桌子较高的一端。她踮起脚尖，往下看那些上下颠倒的字迹，想看看斯特恩给萨利看的是什么。

她一眼就看到了，随即眼睛瞪得溜圆，与此同时，迎灵官倒吸了一口凉气。

"斯特恩！"她喘着粗气说，"这是什么意思？"

很容易就能看清纸页上的内容。在海伦被分配给迪伦的时候，她的名字便被仔细记录在了上面，现在，海伦的名字则被黑色的粗墨水线划去了。灵魂的名字在潦草的划痕下几乎无法辨认。

"我只能猜测其中的意思。"斯特恩慢慢地说，眼睛看着另一个审判官,他正俯身看着另一张桌上的一本记录簿,一个神情惊惶的迎灵官用颤抖的手指着上面的内容。

"你的猜测是什么?"迪伦追问道。

斯特恩狠狠地瞪了她一眼,迪伦立即咬住了自己的舌头。审判官看起来仿佛很后悔让萨利带她一起来。她可不想被打发走。斯特恩只要打个响指,她就会发现自己走在另一个灵魂的世界的边缘,所以最好还是保持沉默。她虽然整个人站在这里,但最好别发声,甚至不要有任何存在感。但现在出事的是她的灵魂。海伦一直是她的责任。况且,为了救她,她还差点儿被淹死。

"我的猜测是,"斯特恩慢吞吞地回答,在选择措辞时非常谨慎,"这表示那个灵魂救不回来了。她消失了。"他指着那页纸,"这些记录簿记录的是家园里所有的灵魂,而不是所有存在过的灵魂。"

"但这是一回事,不是吗?"萨利问道,"毕竟所有的灵魂都会来到家园。"

"过去是这样。"斯特恩纠正了她,"也许以后不再是了。"

萨利倒吸了一口凉气,眼睛睁得大大的。

"那海伦会怎么样?"迪伦追问道,"她会去哪里?"

"没有海伦了。"斯特恩严肃地说,"不再有了。"

"什么意思?"迪伦又问道。一言不发、保持低调已经不可能了。"她就在那里!我亲眼看见的!她从湖里出来,然后……飞走了。"

没有其他的方式来形容了。那个灵魂就像一只受伤的鸟,时而俯冲,时而潜水,仿佛试图用折断的翅膀保持飞翔。

"你看见了她的灵魂?"斯特恩问道,他的头歪向一边,一只眉毛往上翘起,"完好无缺的吗?你看见海伦了?"

"我……那倒不是。她变了,可她还活着!"

"她已经入魔了。"斯特恩回答,他那低沉的声音让迪伦感到全身战栗,"她受到了污染。湖里的怪物吸走了她的灵魂,并以此为食。它吐出来的,是和它一模一样的怪物——愤怒、疯狂的怪物。"

斯特恩停顿了一下,瞥了萨利一眼,后者大声抽泣起来,随即连忙用手捂住嘴巴。斯特恩的嘴唇抿成一条细线,有那么一会儿,他看上去有些……愧疚?那个奇怪的表情转瞬间便消失了。他摇了摇头,再次变得坚定。

"你摆渡的灵魂已经不在了。怪物不能灭掉她的生命之火,但剩下的也不再是她了,而且再也不能恢复。她彻底不在了。"

"她会怎么样?"萨利问道,她面如死灰,"她会去哪里?"

"它将留在荒原。"斯特恩说,"它不能回到人间,也不能前往家园。"

"但是……"迪伦说。

就在这时,另一个审判官突然出现在他们身边,她只好把话憋了回去。过了一会儿,她才认出他就是和那个面带惊惶之色的迎灵官一起站在另一张桌旁的审判官。迪伦瞥了一眼,只见那个迎灵官还在那里,站在那本记录簿边上,摆出一副保护者的姿态,双手焦虑地交握在胸前。另外两个迎灵官在附近徘徊,他们看起来都大为震惊。

"斯特恩,"审判官说,"你一定要看看这个。"

"伊尔萨,怎么了?"

这位审判官没有解释,只是回到了那张桌子旁。斯特恩跟了过去,萨利走在他身边。迪伦等了一会儿,便也匆匆追上了他们。发生了什么事?

答案很快便不言自明了。那个迎灵官哆哆嗦嗦地指着页面底部的一个点。迪伦站得比较远,却依然看得清清楚楚。一个灵魂的名字被一条很粗的黑线划掉了。

又有一个灵魂被掠走了。

又失去了一个灵魂。

"又是在湖里?"萨利问道,悲痛之下,她的眼里充满了泪水。

"不。"斯特恩摇着头说,"我们一直在密切留意那片湖。摆渡人现在都不划船过湖,只会绕湖而行,那个怪物一直没动。"

"那是怎么回事?"萨利问道。

"我和托尔斯腾谈过了。"伊尔萨说,这话是对斯特恩说的,"他找那个灵魂的摆渡人了解过情况。她说她们在山谷里被一个奇怪的生物袭击了。那是一个会飞的恶魔,长着獠牙和爪子,摆渡人在人间从来没见过也没听说过那种东西。"

"海伦!"迪伦惊恐地说,"是海伦!"

伊尔萨用镇定的目光瞪了迪伦一眼,接着又看向斯特恩。"它把灵魂扯入了地下,摆渡人就再也看不见他们了。"他顿了顿,神情很是严肃,"现在那个灵魂的名字被划掉了。"

"它们可以创造出更多像它们一样的怪物。"斯特恩惊讶地喃喃道,"原本是一个,现在是两个。过不了多久……"

"又有一个不见了!"喊声从记录室的另一端突然响起。迪伦回头看去,只见一个她认得的叫玛德拉的迎灵官向他们跑过来,怀里抱着一本巨大的记录簿,"我看到第三个灵魂被划掉了!"

迎灵官砰的一声把记录簿放在了桌子上,另一本记录簿被挤到一边,掉在了地上。

"看!"他们说,"看呀!"

这时又传来一声喊叫。

"这里!这里又有一个!"

迪伦站在那里,感觉自己仿佛处在风暴的中心,周围一片混乱。迎灵官们纷纷从架子上拖出记录簿,把它们摊在每一个空置的桌面上,翻动着书页。"安全!"或"一切都好!"的叫声此起彼伏,但其中也夹杂着"天哪!"和"又一个!"的惊呼。哀号声从未间断,有人跑来跑去,令人恶心的恐慌弥漫开来,最后,一个响亮的声音喊道:"够了!"

这就像有人按下了暂停键。包括那两位审判官在内,所有人都愣住了,众人的目光都转向了斯特恩,他像一块磁石一样站在房间中央。

"我们必须保持冷静。"他说,"我们不能恐慌。迎灵官,我需要你们从架子上取出目前荒原里所有灵魂的记录簿,并按照他们在荒原里的位置排列起来。然后,我们把每个灵魂受攻击的地点画出来,看看能不能缩小范围,查出那些怪物所在的地方。现在行动起来吧。"

"那之后怎么做?"一个迎灵官鼓起勇气问道,"我们该如何应对这些袭击?"

斯特恩转头看着那个迎灵官,他的目光如火一般。迪伦觉得自己退缩了,而她甚至都不是斯特恩注视的对象。

"你有你的任务。"他说。

迎灵官立刻垂下了头。

他们忙起来后,斯特恩环顾了一下房间,看到迎灵官们再度专心致志地展开行动,他看起来很满意。接着,他的目光落在迪伦身上。他皱起眉头,看上去有些困惑,迪伦怀疑他是不是忘记了她还在那里,并目睹了发生的一切。

"你该走了。"他说。他举起一只手,迪伦知道自己将被派去摆渡另一个灵魂。一想到要被送回荒原,她的胃就开始一阵翻腾,在那里,怪物潜藏在未知的地方,准备偷走她的灵魂。然而,她尚未感到自己腹腔里传来那种被钩住的怪异感觉,斯特恩便被打断了。

"外面有人要进入记录室,有些是来自家园的灵魂,还有穿过荒原而来的摆渡人和灵魂。"一个迎灵官喊道。

"让来自家园的灵魂进来。"斯特恩说,"让带灵魂来的摆渡人等一等。"

迪伦转过身,看到远处角落里的一扇门打开了。当她认出来者是谁时,不禁吓了一跳。竟是乔丹,乔丹·沃尔特斯,她最近摆渡来的一个灵魂,就是这个灵魂想把她的脑袋砸扁。迪伦难以抑制心里的忐忑。乔丹这个时候在这里出现,似乎不是个好兆头。

"乔丹·沃尔特斯,今天我能帮你什么忙吗?"一个迎灵官走近乔丹,和善地微笑着。

"怎么回事?"乔丹问道,"为什么门锁上了?有人告诉过我,只要我愿意,随时都可以来!"

"这里的确关闭了一会儿,我很抱歉。"迎灵官不动声色地回答道,"我在这里为你服务。有什么可以帮你的?"

乔丹没有回答,而是把目光从迎灵官身上移开。她向旁边走了一步,这样迎灵官就不能挡住她的视线,于是她那精明的目光把屋内的情形看了个清清楚楚。她的视线落在迪伦身上,然后,她眯起了眼睛。

"你,"她说,"你为什么在这儿?"

"你又为什么在这儿?"迪伦反驳道。

她听到有人倒抽了一口气,可能有迎灵官惊讶于她对待灵魂这么粗鲁,但迪伦不在乎。乔丹出现在记录室,让她产生了一种不祥的预感。

乔丹耸耸肩，对迪伦的态度无动于衷。

"我喜欢来这里。"她的眼神很狡猾，"我喜欢看新来的灵魂。谁知道呢，我说不定能交到朋友。"

"朋友？"她更像是来找另一个受害者的。

乔丹对迪伦笑了笑，似乎能读懂她的心思。

"这里怎么空荡荡的？新来的灵魂在哪里？"乔丹环视了一下空房间，然后又朝通往荒原的那扇门望去。

"他们在外面等着。"斯特恩说，引起了乔丹的注意。"很快就会允许他们进来的。"

乔丹盯着审判官，打量着他。斯特恩身形高大、严肃庄重，身上带着一种与生俱来的威信，迪伦本来以为乔丹会被他吓到。

但是，乔丹就是乔丹。就算她被吓到了，她也没有表现出来。

"为什么他们现在不能进来？"她扬起眉毛说。

"这不是你该知道的。"斯特恩说。

然后他做了一件非常愚蠢的事。他以为谈话已经结束，便转过身背对着乔丹。乔丹脸上的表情就像一个刚刚被母亲告知不能再吃糖果的小孩，她径直走向通往荒原的门。

迪伦立刻意识到她要做什么，但她离得太远，根本阻止不了她。

"乔丹，不要。等等！"她叫道。

乔丹听到了迪伦的话，但没有理会她的警告。她抓住门，猛地把门拉开。

"你们好!"她说着,把双手举到空中,"欢迎来到记录室!"

斯特恩听到她的声音便立即转过身来。有那么一会儿,他的脸上露出了不可置信的表情,然后他大步朝门口走去。不过已经太迟了。看到门开了,第一个摆渡人带着一脸困惑走了进来。他的灵魂跟在他身后也走了进来,然后,其他摆渡人和灵魂也慢慢地走了起来。他们惊讶的表情只持续了片刻就变成了担心,甚至是恐惧,然后,他们开始以最快的速度挤过门口,摆渡人和灵魂一样推推搡搡,从对方身上爬过。

到处都是痛苦的哭喊声和尖叫声,但在这些声音之间,很容易就能分辨出那可怕的咝咝声和嚎叫声。

迪伦错愕不已,恐惧地看着一个生物从摆渡人和灵魂的头顶上方飞过来,直冲进房间,像困在罐子里的黄蜂一样发出嗡嗡的叫声。

斯特恩创造出的平静与克制的局面瞬间便瓦解了。迎灵官、摆渡人和灵魂全都惊慌失措,顿时乱作一团,那个生物则横冲直撞,见这么多美食摆在面前,兴奋得不知所措。众人爬过桌子,踢翻椅子,记录簿满屋乱飞。在混乱中,迪伦看到乔丹独自站着。她竟然一动不动,也不慌忙逃命。迪伦专注地盯着那个灵魂,整个记录室都变得有些模糊了,时间也仿佛静止了一会儿。乔丹看着魔灵,似乎被它迷住了。她脸上没有一丝恐惧。她伸出一只手,就像一个驯鹰人在召唤他们饲养的捕食者返回。魔灵呼啸着朝她扑了过去,却没有落在她伸出的手臂上。它疾驰而过，几乎像猫一样轻触着她，呼啸而过时，它的身体还擦过了她的前臂内侧。

突然，有人撞了迪伦一下，把她撞飞出去。她重重地摔在地上，不知谁的膝盖又撞到了她的肋骨，有人试图从她身上爬过去，还有人想绕过她。一只狂奔的靴子踩在她的手指上，踩得她生疼。

迪伦费了很大的劲儿才站起来。她四下里看了看，寻找萨利，寻找斯特恩……寻找乔丹。

此时，伴随着一声巨响，一个柜子倒在了地上。迪伦朝响声的方向望去，看到家具翻倒在地，记录簿散落得到处是，一个身材高大、肌肉发达的男人被压在了书柜下面，脸上的神情惊愕不已。接着她看到了乔丹，她就在那里，站在那个男人的旁边，她的手仍然伸在身前，显然是她推倒书柜，困住了那个男人。她脸上的表情邪恶而疯狂。她看了迪伦一眼，便消失在了混乱的人群中。

也许正是轰然的倒塌声把魔灵吸引到了男人的身边。

也可能是因为男人体格魁梧，紧身背心下的肱二头肌和肱三头肌十分凸出。

还可能是因为他脸上纯粹的恐惧，那种恐惧像波浪一样从他身上散发出来，不管是因为什么，反正魔灵做出了选择。

它径直向他飞了过去。迪伦一直呆愣在原地看着混乱的场面，此时，她不由自主地跑了起来。不像其他灵魂、迎灵官和大多数摆渡人那样远离男人，她朝他跑了过去。帮帮他，她内心的一个声音低声说。保护他。他并不是她的灵魂,但那仍然是她的责任。

房间里有三个审判官,那个灵魂的摆渡人也在,但不知怎的,迪伦第一个到了他身边。她的速度不及魔灵,只见它猛扑过来,第一次攻击便在男人伸出挡住脸孔的前臂上留下了道道血痕。当她赶到的时候,魔灵正张大嘴巴,第二次扑过来。它紧紧地咬住男人的手腕,如同一只发动袭击的恶犬一般,撕扯着它制造出的伤口。

男人尖叫起来,尖厉的叫声在墙壁之间回荡着。他挥舞着手臂,想把魔灵赶走,但它还是咬住不放。

"停下!"迪伦喊道,"不要动!交给我!"

男人惊慌失措,似乎没有听到她的声音。由于甩不掉怪物,男人开始挥动手臂,动作越来越猛烈。迪伦试图躲开,但他的拳头一摆,正好击中了她的太阳穴。她震惊不已,踉踉跄跄地闪到一边,然后向前冲去,钻到他的胳膊下面,魔灵仍然死死地咬住男人。她用一只膝盖抵住他的胸膛,把他按在地上,并用双手抓住魔灵。她的手指深深掐进了它软而轻、披着破布条的奇怪皮毛里,但那怪物的身体中心可以供她抓住。她收紧双手,使劲儿地挤着那东西,想把它弄疼,迫使它放开男人,即使这意味着它会把注意力转向她。但那东西很固执。它死死咬着男人不放,嚎叫着,使劲儿地弓起背,却不肯松开牙齿。

于是迪伦使劲儿一扯。她弄疼了那个男人,但她不知道还能怎么做。他尖叫一声,试图把胳膊从她身边抽离,但即使他们一起用力,也无法让那东西松嘴。迪伦呜咽一声，沮丧和恐惧涌上了她的心头。

"走开。"一个声音钻进了她的耳朵，过了一会儿，有个审判官在她身边跪了下来。她侧头看了一眼，发现是斯特恩。他把一只手直接伸进了魔灵的嘴里，完全不顾它长着锋利的牙齿。审判官脸上没有浮现出任何费力的表情，只听咔嚓一声，魔灵的下巴被掰断了。它发出了一种介于哀号和尖叫之间的痛苦的声音，却再也不能咬住猎物不松口了。斯特恩把迪伦的手拍开，在它试图飞走之前一把将它抓住。他转过身来，迪伦看到另一个审判官站在那里，手里拿着一个粗铁条制成的小笼子。斯特恩把魔灵塞进了笼子，两人交换了一下眼神。片刻之后，另一位审判官消失了。

迪伦待在原地，半趴在灵魂的胸膛上，喘着粗气。她仍然能感觉到魔灵结实的身体，以及它的力量和决心。她看着自己的手，感觉满手都是那种污染了湖面的黑色物质。

"搞什么鬼？"她身下的男人喃喃地说，"这到底是怎么回事？"

他的话似乎让斯特恩想起了他们的存在。审判官转向他们，皱着眉头看着迪伦和灵魂身上的血迹。他抬头望着迪伦，与她震惊的目光相遇。

"你不应该在这里。"他重复道。然后迪伦感觉到身下的地面开始塌陷，他把她推出了记录室。

第二十九章

这是一个丑陋的东西。斯特恩俯下身去,看着它嚎叫,吐着唾沫,一次次冲撞栏杆。栏杆很结实,即便这个怪物又是抓,又是咬,又是撞,都不能撼动分毫。这会让魔灵更愤怒吗?

斯特恩把一根手指伸进笼子里,想看看它会做什么。过了一会儿,他把手指抽出来,吮吸着怪物牙齿造成的小伤口。尝到了一丝血的味道,怪物变得更加疯狂了。它加倍努力想要逃出笼子,不顾疼痛,猛烈地撞击着栏杆。

"你为什么要折磨它?"

斯特恩环顾四周,发现托尔斯腾站在他身后不远的地方。他的表情令人费解。斯特恩盯着他,想知道另一位审判官站在那里到底看了多久。

"我正在研究。"他说。

"它很可怜。"托尔斯腾若有所思地说,"一点也看不出它曾经是个灵魂。"

"应该说它很邪恶。"斯特恩纠正道,"无法拯救,已经成了魔。不管它以前是什么人,那个人都不在了。"

"难道已经发生的事情真的无法挽回了吗?"

"是的。"

托尔斯腾沉重地叹了口气:"真不敢相信这一切都是有意安排的。"

斯特恩疑惑地扬起一边的眉毛。

"那时让我们任由比格尔留在湖里,是不是就已经预见到了这种情况?"托尔斯腾解释道,"是不是早就知道他有这种能力?或者说,是不是早就知道他想这么干?"

"湖里的怪物不是比格尔。"斯特恩尖刻地回答,"比格尔早已不在湖中怪物的体内了,就像魔灵只是魔灵,不再是曾经的灵魂。他已经不在了。"

托尔斯腾低下头,接受了这个说法。

"这是有意安排的吗?"他不肯罢休,问道,"是不是早就知道灵魂会成为那个怪物的猎物,而且他们自己也会被同化?"

"我不知道。"这是实话,"我把收到的所有消息都告诉你们了。

我所知道的是,处理这种新情况是我们的职责。"

"那我们要怎么做?"

斯特恩用鼻子深深吸了一口气。事实是他不知道。

"我们还是等其他人来吧。"他建议道。

托尔斯腾点了点头,便退到一边,给斯特恩留出空间,不过斯特恩依然能感觉到他警惕的眼神。托尔斯腾当然是在看魔灵,可同时也在注视斯特恩。

这是有意安排的吗?这一决定的后果是如此惨烈,叫人惶惶不安,因此,几个小时以来,这个问题一直折磨着他。向他下达命令的权威知道会发生什么吗?还会出什么事?毕竟魔灵的数量在增加,而且增长得很快。一开始只有一个,现在已经有十来个了。荒原中的灵魂都是活靶子,摆渡人没有武器来对付这些邪恶的生物。斯特恩低头看着那东西,它还在凶狠地咆哮,依然有咝咝声从它的嘴里冒出来。魔灵。它是一个恶魔,口中咝咝作响,不停地尖叫,释放出仇恨和死亡。

很快它们就将在荒原上泛滥成灾。

他觉得很难相信这样的局面是蓄意为之。他不相信更高等级的权威会把这种不受控制的怨毒怪物放进人间和家园之间的中转站。

但如果不是,如果这种快速蔓延的全新毒变只是一场意外……

是斯特恩传达了他们的命令。是斯特恩阻止了其他审判官,任由那个怪物在湖里变得越发邪恶。他应该这么做吗?如果他早知道,他还会这么做吗?

要改变决定已经太晚了。没有转圜的余地了。也不能把猫……魔灵……放回袋子里。他所能做的就是和其他审判官合作,让局势稳定下来,找到一些保护措施加以实施,从而让灵魂有机会穿越荒原。

不然的话,不会再有灵魂平安抵达家园,而荒原也将变成魔灵的领地。到时候荒原将化为悲惨的废墟,所有的希望都将破灭。

其余的审判官纷纷前来,打断了他忧郁的思绪。

"现在怎么办?"他问道,盯着周围的司官,他需要他们的帮助来解决这个可怕的局面。他之前给他们分派了任务,派他们去一些地方查看。但托尔斯腾除外,他留在记录室里主持大局,让这里恢复平静。他很惊讶托尔斯腾是第一个来的,他原本以为这项任务最艰巨,耗时最长。

"山谷里有魔灵。"伊尔萨冷静地说,"它们在黑暗中飞来飞去,谁也阻挡不了,但一旦太阳开始升起,它们就退到了阴影中。"

"我还发现了它们存在的证据。"卡雷补充道,"它们已经深入荒原。我注意到它们害怕光,好像阳光能揭露出它们是多么丑陋的生物。"

"阳光能刺伤它们吗?"斯特恩问道。

"我不知道。"卡雷答道,"我倒是没想到可以抓一只,逼它到阳光下试验一下。"

斯特恩低头看了一眼他们抓住的魔灵。

"这算不算酷刑？"托尔斯腾轻声问道。

斯特恩看了他一眼。"有时候拿出残忍的手段，也是无奈之举。"他纠正道，"我们必须弄清楚真相。"

"交给我吧。"卡雷说。他飞快地穿过房间，拿起了小笼子。里面的魔灵顿时发起狂来，好像它很清楚等待它的是什么。它在笼子里尖叫不止，试图从栏杆之间逃走。

卡雷离开了他们为见面而创造的空间，其他人都没有说话。他们沉默而坚忍地等待着。斯特恩则有些出神，他努力不让自己胡思乱想。不能了解全部的情况，就不能制订有效的计划，此外，猜测卡雷什么时候会带着答案回来也没有意义。

谢天谢地，卡雷很快就回来了。卡雷手里拿着笼子，魔灵和离开时一样愤怒，但看起来并没有受伤。

"怎么样？"卡雷还未张嘴说话，斯特恩便焦急地问道。

"它不喜欢太阳。"卡雷证实道，"它想找地方藏起来躲避阳光。我不知道它是否感到疼痛，但它在太阳底下并没有受伤。"他有些愁眉苦脸，"我原本还希望能用这种方法除掉它们，但看来不行。"

"它们身上依然存在着生命之火。"斯特恩指出，"我们既然不能除掉其他存在，也不能除掉它们。"

"我还留意到一点。"卡雷说，"我把这个生物带到了真实的荒原，那里没有太阳，只有红色的天空。在那里，白天对它没有影响。它对光并没有表现出恐惧，只是不喜欢被关起来，非常愤怒。"

"灵魂并不会到真正的荒原。"列夫道,"要是他们只在白天穿越荒原,就不会有危险。"

"你指望他们一天之内穿过荒原?"伊尔萨嘲笑道,"即使他们从踏上穿越之旅的那一刻就拼命跑,这也是不可能实现的壮举。"

"还有休息点。"托尔斯腾说,"能不能加固休息点,让魔灵进不去?"

"怎么加固?"伊尔萨问道。

"我相信这是可以做到的。"斯特恩说。

"是吗?"说话的是卡雷,但所有人的目光都盯着斯特恩。

"是的。"他说,这个想法在他脑子里渐渐成形了,"荒原是家园的延伸。在那里,我们可以创造空间,只有某些人可以进入,其他人则进不去。"

"就像我们创造了这个空间一样。"列夫说,开始明白了其中的道理。

"没错,也很像迎灵官的私人空间。我们一直都是用这个法子防止有些灵魂去接触他们在人间伤害过的其他灵魂。我们可以加固每个摆渡人的休息点,只允许他们和所摆渡的灵魂进入。"

"这能行吗?"卡雷问。

"我想可以。"斯特恩答道。他看着仍然被卡雷关在笼子里的魔灵,"毕竟,它们曾经是灵魂。"

"假如摆渡人和灵魂没能在天黑前到达休息点呢?"

"那他们会有危险。"斯特恩耸了耸肩,"摆渡人要确保这种情况不会发生。"

"肯定会发生的。"伊尔萨补充道,"只要失败,敌人的数量就将增加。"

"如果魔灵跑到人间去了呢?"托尔斯腾问,"那里的人可比荒原多得多。那它们会造成怎样的破坏?又将引发什么样的后果?"

"我认为不可能。"列夫轻声说,"我去了荒原的边缘,只看到一个魔灵,但它被屏障紧紧地套住了。我认为不需要担心它们会偷溜到人间。"

"那就好。"斯特恩喃喃地说。

"但是它们可以进入家园。"卡雷插嘴道,"这种事已经发生了。记录室里的事……没有灵魂遭到腐蚀,没有造成持久的伤害,真是谢天谢地。"他停顿了一下,确保整个房间都能感受到那一刻的分量。"这种事不能再发生了。"

"那我们怎样才能阻止?"托尔斯腾问,"有灵魂来,记录室总要开门迎接。"

"是不是可以告诉摆渡人只能在白天把灵魂送来家园……"列夫提议道。

审判官还没说完,斯特恩就摇了摇头。

"这还不够。"他说,"出岔子的可能性太大了。"

"怎么会?"

"想象一下有这么一种可能。摆渡人和灵魂在赶路,但他们走得很慢。时间越来越晚,天空开始变得昏暗。折返回去是不可能的了,他们必须继续前进。就在天色刚刚变暗的时候,他们来到了家园的门口。难道迎灵官应该把他们拒之门外吗?"

"是的。"卡雷平静地说。

"他们不会的。"托尔斯腾提出了不同的意见,"他们不可能这么做。他们拥有感情,会心怀同情。他们被创造出来时就是这样的。他们一定会不顾自己的安危把门打开。"

"我有个建议。"斯特恩说。

"说吧。"卡雷说。其他人都颔首表示赞同。

"我们在荒原的尽头画一条线。"他提议道,"只有灵魂才能通过。而且是完整的灵魂。魔灵不行,摆渡人也不行。"

"那摆渡人怎么去家园?"列夫问道。

"他们去不了。他们以后不能再踏足记录室,也不能去家园的任何地方。"

"他们也不能与迎灵官有接触?不能接触以前摆渡过的灵魂?"

"是的。"

审判官们考虑这件事时,房间里一片寂静。斯特恩端详着他们的脸。卡雷和伊尔萨看起来很满意,但列夫和托尔斯腾显然都很困扰。

"如果有人有其他建议,我很想听听。"他说。

这句话起效了。托尔斯腾和列夫脸上困扰的神情被无奈取代。

他们拿不出其他解决办法。

"那就这样吧,"托尔斯腾说,"摆渡人只能待在荒原。"

"大家都同意吗?"斯特恩问,想确认一下。

房间里响起了喃喃的肯定声。

斯特恩深吸了一口气。

"我还有一个建议。"他说,"这些日子里发生的事大部分都应该保密,但有些摆渡人知道的太多了……"他想起了摆渡人迪伦,每当斯特恩不希望她在场,她似乎就会突然出现,她还与家园有很深的联系。"在我看来,摆渡人未来还将拥有更多的记忆,因此,保留某段时间的记忆并没有好处。毕竟他们会有更多的联系、更多的接触,以及更多的……生活。"

"你的建议是什么?"托尔斯腾问。

"我的建议是,当我们做出改变时,也就是把休息点加固成安全屋,并划定分界线,如果你们都同意,还要进行重置。"

"重置?"

"我指的是消除摆渡人的记忆。让他们相信事情一直都是这样,这样就能帮他们安于新常态。"

"消除他们的记忆?"托尔斯腾问道。他听起来很害怕。

"我同意。"卡雷说。

"我也是。"伊尔萨补充道,"斯特恩说得很有道理。"

托尔斯腾向他的盟友列夫求助。

"我也认为这是最好的办法。"他很抱歉地看向托尔斯腾,"不要让他们知道自己曾经拥有过什么。"

托尔斯腾看起来不可置信,但他无助地耸了耸肩。

"我服从大多数人的意愿。"他说。

"好吧。"斯特恩向前迈了一步,众人关注的焦点都在他身上,"这件事交给我来办吧。"

第三十章

崔斯坦一边眯起眼睛望着天空,一边拽着他正在摆渡的小女孩的手。今天是个阴天,太阳不见了踪迹,但他能感觉到光线开始减弱。一股急迫感紧紧地揪着他的胸口,他的心开始跳得更快了。洛莉讨厌被他抱着,想要自己走路,他也愿意纵容她,因为她有一双蓝色的大眼睛,微笑时可以看到缺了两颗门牙。

他不应该这么做的。

还有很长一段路才能到安全屋。他甚至还看不见那里,要爬过一座陡峭的山坡才能到。

"你觉得我们能比爸爸妈妈先到吗?"洛莉问。

她只有 5 岁,一场车祸夺去了她的生命,她的父母也在车祸中去世了。这其实是一件好事,因为只要穿过荒原,他们一家就可以团聚了。

前提是他们能成功穿越荒原。

"还记得我告诉过你的话吗?"崔斯坦说,尽量不让自己的声音里流露出越来越紧张的情绪,"我们今天看不到他们了。我们必须穿过荒原,然后你就能在分界线的另一边见到他们了。"

"啊。"洛莉大失所望,双眉紧蹙,"我忘了。"

"不会太久的。"崔斯坦保证道,"几天而已。我知道你很想念他们。"

"我们到了那里会有大房子住吗?"洛莉问,"我们以前有一所大房子,但是后来爸爸失业了,我们只能搬进公寓。我不喜欢那里。没有花园,我的房间也很小。"

"我不知道。"崔斯坦说,"我从来没有去过分界线的另一边。到了之后,会有人带你去见你的父母,他们会给你讲那里是什么样子。"

洛莉停下脚步,抬头看着他。她的眼里噙满了泪水。"我必须自己去吗?"她问,声音有些颤抖。

"只要一会儿。"崔斯坦向她保证,"只是一步而已,然后你就会站在分界线的另一边,会有人在那里等你。"

"谁?"

"我……"崔斯坦看向别处,神色有些痛苦。他并不知道。

"他们可不可怕?"洛莉的下唇颤抖着。

"不,他们一点也不吓人。我向你保证。他们是来照顾你的。"

"但如果他们不像你这么好怎么办?"洛莉问道。她之前已经把手从崔斯坦的手里抽了出来,但现在她又向上伸出手拉住他的手,把自己小小的身体贴在他的腿上。

"他们会的。"他发誓道。

"我想让你跟我一起去。"洛莉噘着嘴回答。

崔斯坦抬头望着天空。已经不早了,洛莉的情绪越来越糟糕,这下子天黑得更快了。他还没听到魔灵开始活动的声音,但肯定不会太久了。

不能让洛莉变成它们当中的一员。崔斯坦才不在乎要采取怎样的行动。

"来吧。"他说,"再过一会儿就能到我们要过夜的小屋了。我会生起篝火,给你讲故事。"

"吓人吗?"洛莉怀疑地看着他。

"不吓人。"崔斯坦保证道,"我讲的故事很有意思。我敢打赌能逗你笑。"

洛莉眼中闪烁着挑战的光芒:"我打赌你不能。"

"好吧。"崔斯坦顽皮地朝她咧嘴一笑,"要是不行,那我就只好……挠你痒痒了!"他伸出手,手指在她的肋部挠来挠去,洛莉尖叫一声,大笑起来。

她飞快地跑开了,崔斯坦伸着手,紧跟其后。

"你逃不掉的!"

随着又一阵笑声,洛莉开始向山上跑去,不时回头看,确定崔斯坦还跟着她。事实的确如此,他不打算让她离开自己的视线。

一定要让她安全、快乐、毫发无伤地到达终点,与家人团聚。崔斯坦只能接受这一种结局。

他回想起魔灵从他手里夺去的灵魂,所有他没能送去安全地带的灵魂。不能再出这种事了,反正决不能发生在洛莉身上。

他们登上了山顶,崔斯坦看到了小屋摇摇欲坠的石墙。看样子只要一阵强风吹来,小屋就会坍塌,根本保护不了他们,说实话,小屋在这方面确实起不了太大的作用。但在重要的地方,墙壁非常坚固。天黑后魔灵就会在荒原上四处游荡寻找受害者,但小屋能将它们阻挡在外。

他们开始往下走,洛莉疲惫的双腿跌跌撞撞,崔斯坦便把她抱在怀里。她累得连抱怨的力气都没有了,只能把头靠在他的肩上。

低沉的咆哮声和嗖嗖的叫声开始响彻四周,随着一声尖锐的嚎叫,崔斯坦颈背上的汗毛都竖了起来。但这并不重要。他们就快到了,阳光还足够明亮,魔灵依然只能待在阴暗处不敢出来。

不过,他们明天就得加快速度了。

第三十一章

迪伦在一个不算是房间的房间里,这是一个凭空出现的空间。她的手腕和脚踝没有被绑,但她仍然无法从所坐着的椅子上站起来。审判官围着她站成一圈,低声说着什么。他们并不在乎她有没有听到。

"不能放她回去继续以前的工作,她知道得太多了。"

"我同意。"

"那个法子在其他人身上都奏效了,唯有她是个异类。"

"可不可以再试一次?"

"你以为我没有试过?她经历了三次,但她仍然记得。记忆刻得太深了。"

她原本以为自己又要去摆渡灵魂了。可她却被送到了一个陌生的房间,不仅身体被束缚住,眼睛也被蒙上了。接着,有奇怪的压力冲向她的太阳穴。也许是冰凉的手指,也可能是什么金属装置,她也分不清。这种感觉只持续了一会儿,然后她就感觉自己像是在被……烈焰焚烧。仿佛她的思想着火了。她的每一根神经都在燃烧,她的记忆里燃起了熊熊大火。

迪伦现在明白了,烈焰本该把一切都烧掉。可实际上并没有。

第一次没有成功,他们又试了一次,接着是第三次。每次尝试都会让迪伦经历一波痛苦,那种疼痛太强烈了,就像每根神经末梢都在遭受折磨。只要可以不再经历第四次,她愿意付出任何代价。而真正可怕的是,选择权不在她手中。她对自己的命运没有发言权。只要审判官决定了,他们就会再试一次。

"那还能怎么办?"

接下来是一段长时间的沉默,迪伦的心在胸腔里猛烈地跳动,宣告着求生的欲望。她只希望自己能活下去。

"是不是可以清除?"

什么?她的心停止了跳动,在她的胸膛里留下了一片死寂,接着,她的心再次跳动,这次跳得更快了。

"我们不能消灭她。"迪伦认识这位审判官吗?她不确定。她在这里只知道斯特恩的名字,这会儿他站在稍远一点的地方,一言不发,看起来若有所思。"但或许还有其他选择。"

"你这话是什么意思?"斯特恩向前走来,加入了谈话。

"把她送出家园和荒原。就像人类说的,进行硬启动。"

"送出家园和荒原?"斯特恩皱起了眉头,"还有别的地方可去?"

"人间。"那个审判官轻声说,"取出她的生命之火,装进一个婴儿的灵魂里。让她拥有全新的大脑,里面没有任何记忆,准备好装满新世界里的大量信息。她会在那里长大,觉得自己不过是个普通人。她作为摆渡人的身份将被深埋,上面叠加着很多层其他的记忆,她永远也不会发现。"

"可以做到吗?"另一个审判官问道。

"是的。"回答的是斯特恩,"可以做到。"

"也许这就是解决办法。"

每个人都在等待,包括迪伦,他们的眼睛都盯着斯特恩。她意识到在这里是他做主。迪伦曾认为审判官组成的是一个委员会,每个人都有发言权,但事实并非如此。

"我不喜欢这样。"终于,他说,"我希望用正常的手段。不然的话……听起来那些记忆似乎还有可能找回来。"

"那让她再经历一遍?"另一位审判官建议道,"不停地尝试,直到成功为止。"

不要,迪伦心想。请不要。

"试了三次都没有奏效,重复只会带来更多的痛苦。"迪伦看不到这话是谁说的,声音来自她的身后,但她发自内心地感谢他。

这太不公平了。她的舌头在嘴里僵硬无比，根本说不出话，她甚至不能为自己求饶。

"可以把她留在这儿？"另一个声音说。这一次，讲话的审判官正好盘坐在迪伦面前。他凝视着她的脸，却没有看见她，仿佛在看一个物体，一个标本。"不能让她走。"

"把她留在这儿？"

"为什么不呢？她不需要食物，也不需要照顾。"

"这太残忍了。"后面的声音又说话了。

"生活本就是残酷的。"她面前的审判官得意地笑了，"你要把她送到人间去？人类对自己的同胞无恶不作。谁知道她在那里会有怎样的命运。在这里，她很安全。"

"那无异于监禁。永远不能出去，永远都只能一个人。"

她面前的审判官耸了耸肩，挺直了身子："我只是提个建议。"

"不行。"斯特恩说。迪伦松了一口气，她真想深吸一口气，但她做不到。束缚她的无形的枷锁太紧了。"她在这里很安全，这一点倒是不错。但我不希望她还记得那些事。要让她忘记，不能再回忆起之前发生的事。"

"你已经把那些记忆留在了另一个司官的脑海里了。"有人平静地说。

斯特恩身体一僵，转过身来盯着冒犯他的人。

"我信任那位迎灵官。她答应不告诉任何人。而且，她知道利害关系。她不会拿那孩子冒险的。"

迪伦盯着斯特恩,试图理解他话里的意思。难道是萨利?他说的那个人是萨利吗?还有托比?审判官用什么来威胁萨利保守秘密?

难道是托比终于可以和他的母亲团聚了?但不是在这里,不是在家园。难道是在荒原……

这似乎太残忍了,但他们不也考虑过把她永远留在这个虚无的白色牢笼里?

"至于这一个,"斯特恩说着走到迪伦身边,用一根手指挑起她的下巴。他抬起她的脸,不知怎的,束缚她的力量竟对他没有丝毫影响,"我不信任她,把她关在这里是有风险的。"他低头盯着她看了很长一段时间,那目光叫人不安。迪伦无法理解他的脑海里在想什么。最后,他放开了她,收回了手指,把目光移开。迪伦现在能够低下头盯着地面,她的呼吸有些急促。"就这么办吧。"他说。

"就这么办?"有人重复道。迪伦并没有抬头去看是谁在说话。

"把她送到人间去,让她成为一个普通的灵魂。"

继《无境之爱》后
尾声

"你回来了,迪伦·麦肯齐。"萨利在分界线的另一边等着他们。她的目光扫过他们四个人:迪伦、崔斯坦、苏珊娜和她的灵魂杰克。"这件事太古怪了。"她说。

迪伦深吸了一口气。说来也怪,她有种回到家的感觉。

"你想阻止我们吗?"崔斯坦问道。

"不。我来这里是为了欢迎你们。"萨利低下头,"欢迎回家,迪伦,杰克,崔斯坦,苏珊娜。请跟我来。"她走到一边,她身后的一扇金属门显现了出来。大门关着,但门柱两侧没有栅栏,所以任何人都可以随意绕过去。萨利打开了大门,迪伦跟着她走了进去。她听到身后传来一阵喘息声,但她没有转身。她目不转睛地盯着前方的记录室。

他们真的成功了。他们真的来到了这里。

"这到底是什么……"杰克倒吸了一口凉气。

迪伦拉起崔斯坦的手。他转过身来盯着她,惊讶地睁大了眼睛。

"我想给你看样东西。"她说。

迪伦领着崔斯坦从那位美丽动人、全身散发着光芒的司官身边走过,进入了记录室。随着他们在房间里走动,墙壁在不断地变化,空间一直扩大,出现了很多新的角落和缝隙,以及更多摆满书架的走廊。

"这里是记录室。"迪伦说。

杰克和苏珊娜满脸敬畏地看着四周,但崔斯坦的眼里只有迪伦。

"我的记录簿。"他说。迪伦上次回来找他时,就把记录室的事告诉了他。

她露出一抹神秘的微笑,望着跟着他们进来的司官,说道:"能给他看看吗?"

萨利点点头,示意他们跟着走。萨利脸上的表情很奇怪,迪伦心想。她看起来好像……很满意。仿佛她等待已久的事终于发生了。

"什么记录簿?"苏珊娜问,她的好奇心被激起了。

"等会儿你就知道了。"迪伦说。她拖着崔斯坦跟在萨利后面,一行人来到一张华丽的雕花木桌前,桌上放着一本褪色的绿色皮面的书,书页是镀金的。书页的四角显得破旧而柔软,仿佛有无数只手掀开过封面,翻看过里面的内容。

崔斯坦盯着记录簿。迪伦看得出来，他想伸手把封面掀开，看看里面的记录，但他也很犹豫，好像想要逃离。

迪伦采取了主动，她随意打开了一页。那上面有一行又一行的小字，记录着一个又一个名字，都是崔斯坦摆渡过的灵魂。

"都是我摆渡过的灵魂。"他哑着嗓子说。看到他们都被记录下来，真是难以置信。竟然有这么多。都是他拯救过的灵魂……他失去的那些灵魂也在上面。迪伦想象不出他有多么激动。

在记录簿打开的那页上，有两个条目被潦草地涂掉了，粗墨水痕迹几乎完全遮住了下面的名字。

"你应该感到骄傲。"迪伦告诉他，"看看有多少灵魂因为你才能来到这里。"她微微一笑："但你已经完成了自己的使命，终于可以过自己的生活了。你可以留在这里，和我在一起。"

"我不确定自己是否配得上。"

她知道他指的是什么。迪伦抬起一只手，手指向下划过名单，最后落在一个名字上，那个灵魂至今仍然在荒原上游荡，变成了一个没有头脑、充满仇恨的怪物。

"这是你应得的。"她说。

"那些灵魂怎么办？"他低声说，"他们也有资格过自己的生活。"

"现在对他们来说还不算晚。"迪伦提醒他，"我们现在知道了。我们可以帮助他们：我们可以弄清楚他们是谁，再去找他们的亲人，让他们知道。"她的目光转向杰克。杰克小心翼翼地观察着，一半注意力在迪伦身上,另一半在苏珊娜身上,而苏珊娜则盯着记录簿,脸上的神情十分复杂。崔斯坦也有同样的感觉:一方面为那些依然存在的名字感到欢欣,另一方面又为那些被删除的名字感到遗憾。

"让他们知道什么?"他问道。

迪伦朝他一笑:"让他们知道,他们所爱之人的灵魂并没有真正消失。还可以把他们带回来。"她的目光也转向了苏珊娜,"让他们知道,如果他们失去了真正爱的和关心的人,如果他们愿意用自己的灵魂冒险一试,他们就可以去救他们,就可以把他们带回来。"

崔斯坦注视着她,眼神非常坚定。

"我们要让所有人都知道并没有人真正消失,"迪伦接着说,"他们只是在等待被拯救。"

"这就是我爱你的原因。"崔斯坦告诉她,伸手捧起她的脸颊,"我爱你的同情心,你的力量,还有你做正确的事情时的决心。"

听到这样的赞美,迪伦的脸立即变得通红,不好意思地别开了目光,但片刻之后,她又凝视着他。"但愿如此。"她说,"现在你要永远跟我在一起了!"

"相信我,"崔斯坦喃喃地说着,靠得更近一些,把她抱在怀里亲吻,"就算海枯石烂,我们也再不分开。"

迪伦用眼角的余光看到萨利动了动,这吸引了她的注意。

"你不赞成?"迪伦问道,微微皱着眉头。萨利看起来……焦躁不安。她很激动。

"不是那样的。"迎灵官向他们保证,"只是……"

"只是什么?"迪伦追问道。

"你要试着拯救那些灵魂?"萨利问道,"要把他们带回来?"

"我们只是要告诉来世的灵魂该怎么做。"迪伦纠正道。

她为崔斯坦冒过险,她愿意这样做一百次。但为了她不认识的灵魂呢?风险太大了。

"我不明白。"杰克说。

"我们可以为他们做我们为你做的事,"苏珊娜说,"我们把你救了回来,没有让你变成魔灵。看看你。你好端端地在这里,完整无缺。我们也可以为其他人这样做。"

迪伦注意到萨利微微别开了脸。

萨利脸上的那个神情稍纵即逝,她转瞬间便恢复了正常,不过迪伦还是留意到了。那是一种深入骨髓的感伤,但很快便被掩饰住了。

"萨利,怎么了?"迪伦问,"怎么了?"

"没什么。"迎灵官答道,摆摆手示意迪伦不必担心。

迪伦的内心隐隐作痛。那是一种埋藏得很深、早已被遗忘的情感,犹如梦中的低语。她和这位迎灵官相处的时间并不长,但尽管如此,她还是觉得自己认识她,对她的了解还很深。

"你想让我们拯救一个灵魂。"她说。

这只是猜测,但她一说出来,就知道自己说对了。过了一会儿,另一个想法突然出现在她的脑海里。它不知从何而来,但感觉完全正确。

"而且和一个孩子有关。"

"什么?"崔斯坦问道。他皱着眉头,显然很困惑。

另一方面,萨利看起来则极为悲痛。

"你怎么知道的?"她问,"你不应该知道的。"

"我也不清楚,"迪伦诚实地回答,"可我就是知道。是个男孩,是不是?"

萨利点点头:"他叫托比,住在这里的一个托儿所里。"

"这么说他不是魔灵?"迪伦问,"那谁变成了魔灵?"

萨利没有回答。她只是目不转睛地盯着迪伦,好像在等她自己回忆起来。而且,迪伦居然觉得自己应该能够回忆起来。答案就在那里,只是藏在看不见的地方。如同一个褪色的梦,仍然能感觉到,却不太清晰。

"我不记得了。"她终于说。

"托比在这里待了很长时间。"萨利解释道,"他的母亲在自己还很年轻时就生下了他,但他只有短短几个月的生命,而她却很长寿。"

"可她现在在这儿吗?"崔斯坦问,"她已经不在人世了吗?"

"她在荒原。"萨利证实道,"她没能穿越过来。"

"但他肯定已经长大了吧?"迪伦问。

萨利悲伤地摇了摇头:"他不能长大。"

"他将永远是个婴儿？"

"只要他的妈妈还在荒原上，他就无法成长。"

"我不明白。"迪伦说。

"孩子需要父母的爱才能成长。他会一直保持原样，直到他的妈妈把他从托儿所接走。"

"他不能成长，"崔斯坦说，把碎片拼在了一起，"因为她被困在了荒原里。"

"是的。"萨利证实道。

"你想要我们去找他的妈妈，"崔斯坦平静地说，"把她带回来见他。"

"不。"萨利面露难色，手指绞在一起，"我不会要求你们这么做，我不能。"

"但你希望这样。"

"没关系的，萨利。"迪伦说，冲迎灵官微微一笑，"你可以告诉我们。"

"我答应过的。"萨利低声说，表情非常痛苦，"我答应过不再管这孩子了，我会让他听天由命。"

"海伦。"迪伦眨了眨眼睛，惊诧于这个名字竟是从自己嘴里说出来的。她看着萨利，"她是不是叫海伦？"

"你怎么知道的，迪伦？"崔斯坦问道，他关切地握着她的手。

"我不知道。"迪伦转向萨利寻求答案。这些想法不知从哪里冒出来，实在叫人不安。"是你把这些事传送到我的脑海里的吗？"

"不是的。"萨利摇着头说。尽管如此，这其中一定另有隐情。迎灵官一定隐瞒了一些事。

"谁是海伦的摆渡人？"崔斯坦问，"能看看那个摆渡人的记录簿吗？"

萨利犹豫了一下，但随后她转身走到一个书架前取下一本记录簿。那本簿子上覆盖着一层薄薄的灰尘。迎灵官拂掉落灰，打开记录簿，一直翻到最后一页。只有一半的页面上有记录。

"这是最近的？"崔斯坦问道，他的手指沿着那页纸往下划，直到他看到海伦那被墨水线条涂掉的名字。

"不是。"

"我不明白？"

"这个摆渡人已经被……清除出了荒原。"

迪伦的心在胸口怦怦直跳。她觉得自己即将有重大发现。

"清除？"崔斯坦问道，"清除是什么意思？清除出哪里？这说不通！"

"有些事情我不能告诉你们……"萨利道。

迪伦打断了她。

"这是我的记录簿。"她说，"是我的，对吗？"

没有人说话。沉默笼罩下来，崔斯坦困惑地注视着她，萨利也看着她，而且越来越恐惧。

"你不应该记得的。"她低声说。

"我并不记得。"迪伦说,"真不记得。只是不断地有奇怪的片段钻进我的脑袋。我以前就是在这里的。是不是?我以前是个摆渡人。"

"没错。"萨利承认道。

迪伦转向崔斯坦。

"你知道这件事吗?"

他摇摇头,一副目瞪口呆的样子。

"不过我……我认识你。我记得……有个灵魂……是个女孩。她要伤害我,然后……我不知道。我看到了你的脸,你也在场。"

"我不记得了。"崔斯坦摇着头说。

"我记得。"那段记忆很模糊,在她的脑海里时隐时现,就像小时候看过的电影里的一个场景,但迪伦越想它就变得越清晰。崔斯坦伸出手去阻止一个女孩伤害她,他的手像铁一样抓住那个女孩的手腕,他的眼睛里充满了怒意。

可惜她想不起前因后果。她不知道那个女孩是谁,也不知道她为什么要袭击自己。

"为什么我们两个都不记得了?"迪伦问萨利。

迎灵官看起来非常为难。

"求你了,这件事不能谈。你不应该知道的,我不知道他们会干出什么?"

"谁?"

"审判官。"崔斯坦淡淡地说,"你说的是他们,对吗?"

萨利点点头,焦急地左看右看,好像以为审判官随时都会出现。迪伦理解她的焦虑。回想起她和审判官之间的交易,至少是她记得的那些交易,她也不希望他们中的任何一个突然出现在记录室里。

"我该怎么做?"她问道,"我怎么才能找到海伦?"

萨利看着她,心里很纠结。"我不能要求你们这样做。"她说。

"你没有。"迪伦答,"真的没有。是我主动要求的。"她又看了一眼记录簿。那是她的记录簿。里面显然都是她摆渡来的灵魂,那是什么时候的事?上一世?在那一页的底部,一个灵魂的名字被划掉了。

她辜负了那个灵魂。

她不记得那个叫海伦的女人。只有她的名字突然钻进她的脑海,别的什么也没有。她不记得海伦的样貌,也不记得她的声音。然而,一种责任感挥之不去,尽管它被埋藏得很深。就是责任。除此之外,还有对萨利的深切同情。迪伦关心这位司官,而这件事让司官很难过。

对这件事,迪伦有能力纠正。

她深吸一口气,转向崔斯坦。

"不。"他看到她脸上的决心,便这么说,"求你了,迪伦。"

"我要做。"她说。

崔斯坦咬紧牙关,迪伦知道他把想说的话都忍住了。他想说,那太危险了,他们冒的险已经够多了。他还想说,他不愿意让她再回去。

"我不会要求你和我一起去。"她说。

"你以为我会由着你一个人去冒险?"崔斯坦的声音提高了几个音调。

"太危险了……"

"没错。所以,如果你要去,我就和你一起去。"

迪伦哽咽了。

"我不想冒失去你的危险。"

"你以为我就愿意冒失去你的危险?没有你,我将一无所有。没有你,我什么都不是。你是我的目标,我的生命,我的一切。"他走近一点,低头盯着她,"你去,我就去。"

"好吧。"迪伦转向萨利,"我们怎么做?我怎么才能找到她?"

萨利深吸了一口气:"我有个主意,但很危险。"

迪伦站在记录室的门前。荒原就在另一边等待着,而她曾希望永远不再踏足那个地方。托比在她怀里,是个沉重的负担。他现在安静了,小手拍打着迪伦的胸口,但她确信这不会持续太久。他是一个结实的婴儿,脸颊圆润,笑起来眼睛眯成了一道缝,但即便如此,他看起来还是很脆弱,很无助。责任的重担沉甸甸地压在她的肩上。

"我也希望能有别的办法。"萨利在迪伦身边喃喃自语,完全道出了她的想法,"我只是不知道没有托比,你怎么才能找到海伦,怎么能说服她。"

"我们会照顾好他的。"崔斯坦说。他听起来很自信,毕竟他很有经验,多年以来摆渡过很多像托比这样脆弱的灵魂。

迪伦显然也有经验,可惜她什么都不记得了。荒原对她来说仍然是一个充满恐惧和神秘的地方。而她正要抱着一个孩子走进去。

托比扭了扭身子,对她紧张的情绪做出了反应,她强迫自己冷静下来。

"你确定吗?"她问萨利,"你确定要这么做?"

毕竟她可以任由托比保持原样,完全不知道自己失去了什么。他在托儿所里很安全,但永远只能是现在这个样子。永远做一个婴儿,心智未开,无法成长,人生历程停留在原点。

"我希望他能拥有自己的生活,拥有真正的人生。"萨利用颤抖的声音说,"如果失败了,那就是我的错,而且是我一个人的错。这个选择是我做出的。我会承担责任。"

"不会失败的。"崔斯坦答道。

他本不想这么做的,他也绝对不愿意迪伦去干这件事,但他现在已经足够了解她了,知道她有多固执。既然做了决定,他就将全力以赴。迪伦很感激他能这样。有了他的支持和肯定,她对整件事感觉好多了。

"但愿你是对的。"萨利深吸了一口气,使自己镇定下来,"去湖边吧。"她说。

"什么？"迪伦问。

"海伦是在湖里迷失的。我不知道她在那之后去了哪里，但也许那里是个起点。"

太好了。那片湖。肯定是那里。

"她在水里吗？"

"不。啊，是的。"萨利微微一笑，"她是在湖里入魔的，还是你把她带出湖水的。后来她是在山谷里制造出了第二个魔灵。"

"第二个？"迪伦盯着萨利，"海伦是第一个魔灵？是我……是我创造了它吗？"

"不是的。"萨利摇摇头，表情坚定，"罪魁祸首是湖里的怪物。不是你。"

"那湖里的生物是谁制造出来的？"

"我不能说。"萨利低声说，"我真的不能。求你了，就算知道这件事，对你也不会有帮助。"

"那好吧。"迪伦不喜欢这个答案。那个怪物差点儿要了她的命，她想多了解一些！但她能看到萨利脸上痛苦的表情。她低头看着托比，托比似乎很高兴被她抱着。他的头靠在她的肩膀上。她想他可能已经睡着了。希望他能一直这样。"那就出发吧。"

她对着崔斯坦朝大门点点头。他也点了点头，然后他的手准确无误地伸向门把手。他转动门把手，打开门，荒原立即呈现在眼前。迪伦凝视着它，荒原上长着茂密的野草，天空是铅灰色的。远处有两个像鸟一样的黑影从荒原上方掠过。

"祝你们好运。"迎灵官低声对她说。

第一步是最困难的。从安全的记录室进入充满危险和不确定的荒原。迪伦的鞋子嘎吱嘎吱地踩在砾石路上,她听到身后传来一声轻轻的咔嗒声,萨利关上了门。

现在怎么办?

好吧,他们必须穿过分界线。暂时还没有危险。

"你还好吗?"崔斯坦问她。他和她肩并肩地站在一起,离得那么近,她能感觉到他的胳膊擦着她的胳膊。他说过要像胶水一样粘住她,看来他说到做到。

"为什么一定要去湖边?"迪伦抱怨道。

"至少她不在水下。"他回答,"情况本来可能更糟的。她也许在荒原深处,要过了山谷才能找到。"

"仍然有这个可能,"迪伦纠正道,"我们不知道她在哪里。毕竟她在这里待了那么久。"

"好吧,让我们往好处想吧。"

不错。迪伦心怀希望,这是她最大的支柱,不然的话,带一个婴儿到荒原,盼着能在几百个飞来飞去捕猎灵魂当大餐的魔灵之中找到他的母亲,就显得太过愚蠢了。而且,考虑到海伦在这里待了这么久,她心智全无,只是飞来飞去,搜寻食物,而他们却想找到她,把她带回来,简直就是天方夜谭。

迪伦并没有感觉到分界线如波浪般荡漾，但她很清楚他们越过了那条界线。在那一刻，四周的颜色发生了非常轻微的变化，微微变亮了一些，但主要是声音发生了变化。风在她耳边吹得更响了，风声里还夹杂着一种低沉恐怖的颤音。

"你听到了吗？"她低声说。

"听到了。"崔斯坦确认到，他的神情很严肃。

此时临近傍晚，他们希望有充足的时间到达湖边的安全屋，但他们并不想太早到。破旧的小屋里并没有东西可以哄婴儿玩，他们也不希望托比在太阳下山、魔灵出没的时候感到疲惫、暴躁和无聊。他们盼着他能把母亲召唤到他身边，而不是大声号哭，把荒原上的所有魔灵都引过来。

"它们通常不会这么早活动吧？"

"情况一直在变。"崔斯坦提醒她，"我想一切都不会再一成不变了。"

"但愿在我们到达安全屋之前，它们不会出来。"迪伦喃喃自语。

这个心愿实现了。迪伦、托比和崔斯坦到达了破烂的小屋，并没有撞上魔灵，不过它们的声音越来越大，昭示着它们已经苏醒过来。能瘫坐在门口真是一种解脱，把托比放在地上，更是叫人松了一口气。迪伦弯曲着酸痛的手臂，伸展着肩膀。

谢天谢地，托比似乎对新环境很满意。他伸出手抓了一块石头，开始在石头铺成的地上愉快地敲打着。迪伦坐在他对面，瘫软地靠在墙上，而崔斯坦则绷着脸，注视着门外。她没有多少照顾婴儿的经验。她以为托比还会哭闹不止，但他看起来很开心。发现她在看自己，他朝她露出一个灿烂的微笑，可以看到他的嘴里没长牙，一股口水从他的下唇流了下来。

她也想对他笑笑，但这并不容易。巨大的危险正在迫近。要找到海伦，就得去有魔灵出没的地方，让自己置身于危险之中。如果他们不够小心，或者说，即使他们非常小心，只是运气不好，托比都有可能无法与他们一起离开，甚至他们俩也有可能走不掉。

到时候，是否有人愿意冒险回到荒原去救他们？

迪伦的父母也许会，但他们知道怎么做吗？还有多久他们才会离开人间？到时候可能太迟了，迪伦和崔斯坦也许已经没救了。

海伦也可能没救了，毕竟她在这里游荡太长时间了。但迪伦承诺会试一试，她答应过萨利的，所以不拼尽全力她是不会放弃的。

"多久？"她问崔斯坦，"你认为我们应该等多久？"

崔斯坦面露愁色："我不知道。我们拖得越晚，要对付的魔灵就越多，但如果海伦不在这里，这可对我们没有任何好处。"

"但我们永远也不能知道她是否在这里。我是说，她可能在荒原上的任何地方！"

这已经不是第一次了，他们试图做的事是那么艰巨，看起来毫无希望，迪伦感觉到了沉甸甸的负担。她感到泪水刺痛了自己的眼睛。在她对面，托比不再敲打石头，而是盯着她。他的下唇开始颤抖。

"啊！不！没事的，托比。没事的。"

可惜太迟了。托比把头往后一仰，号啕大哭起来。哭声充满了小屋，在墙壁上反弹，飘到了外面。

魔灵立即就做出了反应，嚎叫声响彻天空，崔斯坦跌跄着后退。他在房间中央停了下来，惊恐地低头看着迪伦。

"它们想闯进来，"他说，"有那么一瞬间，我还以为安全屋撑不住了。"

迪伦朝门口望去。她能看见它们在外面扑腾着翅膀，试探着安全屋那道看不见的屏障，但似乎没有一个能够突破。

"看起来还好。"她说，"暂时安全。"

崔斯坦点了点头，脸色苍白。

迪伦抱起托比，对他轻轻细语，尽她最大的努力安慰他。她很尴尬，把他轻轻地抱在怀里，不知道还能做什么，但这奏效了。他停止了哭泣，但目光仍然盯着她的脸。迪伦朝他咧嘴一笑，装出一副很幸福的样子。

"就是这样，"她轻声说道，"一切都好，你很好。请不要哭。"

托比听不懂她在说什么，却对她的声音做出了反应。他迟疑地笑了笑，用一只手拍了拍她的脸，弄得她满脸黏糊糊的，不知是口水、眼泪还是鼻涕，迪伦做了个鬼脸。

"啊，真恶心！"

崔斯坦哼了一声，但托比的反应引起了她的注意。他大笑一声，声音比哭声还要响亮。

"你觉得这很有趣,是吗?"迪伦问。一个想法在她脑海中形成。"好恶心!叫人想吐!恶心吧啦!"她说完,还做了个傻兮兮的怪相,托比又笑了起来,这次笑得更响,更久。

"就是这样。"崔斯坦鼓励道,"就是这样。看看你能不能让他一直笑下去。把他带到这儿来,到门口来。"

迪伦按照崔斯坦的建议做了,她把托比带到门口,斜抱着他,不让他看见魔灵愤怒地横冲直撞,但魔灵却能看见他。

她不停地打嗝儿,做斗鸡眼,发出嘘嘘声,做她能想到的各种举动来逗托比开心,不让他注意到就在一臂之遥的地方潜伏着的危险。就这样,她看到聚在外面的魔灵越来越多。

"再靠近一点。"崔斯坦低声说,"再靠近一点。"

"怎么了?"迪伦低声问,与此同时,她还鼓着腮帮子、皱着鼻子。托比咯咯地笑着,想让它们复归原位。

"有点不对劲。"崔斯坦说,"有一个魔灵的行为很奇怪。"

"奇怪?"迪伦牵动嘴角问道。

"它在试图击退其他魔灵。"

"它可能只想独享灵魂大餐。"迪伦反驳道。

迪伦慢慢靠近了一点,她的手臂绷得紧紧的,准备好如果有魔灵靠得太近,就把托比抱开。他们尽可能地接近边界,迪伦似乎能感觉到空气的变化,魔灵在外面盘旋,一次又一次地冲击着那条看不见的线。她鼓起勇气快速看了一眼,想看看崔斯坦看到了什么。

在那里。是那个吗?她看到一个魔灵在攻击另一个,用长爪抓它,把它从门口推开。会是海伦吗?她不知道。它和其他魔灵差不多,难以区分。

"继续。"崔斯坦说,"试试看能不能再逗他笑。"

迪伦低头看着托比。就在她把注意力从他身上移开的短短几秒里,他的注意力也转移了。这会儿,他望着门外,凝视着魔灵。这些致命而丑陋的怪物发出恐怖的嚎叫,因为抓不到猎物而沮丧不已。

他应该很害怕,但他的脸上并没有恐惧。迪伦看着他,只见他脸上浮现出的是惊奇和喜悦。他伸出双臂,要去够门外的什么东西。

"崔斯坦。"迪伦压低声音喊道。

"不可能。"崔斯坦也看到了,"绝对不可能。你是不是以为他看到他的妈妈在外面了?是不是以为他认出了她?怎么可能?"

"我不知道,但这不是对魔灵的正常反应,对吗?"

"那就再靠近点!"

"已经到极限了!"迪伦咬着牙说,但她还是慢慢地向门口靠近。

"你不会相信的,"崔斯坦喃喃地说,"但我想那可能就是海伦!"

"抓住它,"迪伦建议道,"你能抓住它吗?"

她喘着粗气,试图抱住在她怀里变得越来越沮丧的托比。他想出去找什么东西。会是海伦吗?这似乎是不可能的,然而,那个魔灵和孩子的行为都很奇怪。

"把魔灵带进屋里来?"崔斯坦问道。

"是的!"托比尖叫起来,对着迪伦又踢又打,试图摆脱她。

她连忙从门口走开,害怕他会从她怀里摔在地上,飞出那条线。她放下了他,当她转身面对崔斯坦,打算帮他一把时,只见他已经站在她身边,手里抓着一个魔灵,他的眼睛睁得大大的,咬紧牙关,试图控制住它。

"现在怎么办?"他问道。

"松开它。"

"松开?"他目瞪口呆地看着她,一副不可置信的样子。

"如果是海伦,她就不会伤害托比。"

"如果不是呢?"

尽管这么说,崔斯坦还是放开了魔灵。它嗖嗖地飞了一会儿,撞在墙上弹开,毫无平衡感,如同失控了一般,但接着它又朝他们飞了过来。迪伦蹲在托比身边,准备把他抓起来,但托比的注意力牢牢地锁定着魔灵。他向它伸出双臂,它则尽可能慢慢地靠近。它落在三英尺开外的地上,然后像一只笨拙的毛毛虫一样拖着脚步向他走来。它的嘴里发着怪声,有点像鸟鸣。那声音很高,却很柔和。

"迪伦。"崔斯坦惊讶地喃喃道。

"我看见了。"她低声回答,"是海伦。一定是。"

托比不能走路,但他四肢着地,向魔灵爬去。迪伦的心立即提到了嗓子眼,她看着托比伸出一只沾满口水的手,笨拙地拍了拍魔灵。

魔灵的尖牙和爪子就在那里,但魔灵没有撕咬和抓扯。相反,它一动不动,像一只任人抚摩的宠物。

"它在变,"迪伦说,泪水模糊了她的双眼,"你能看见吗?"

"我看到了。"

这就像看着一只蝴蝶破茧而出。魔灵的背部弓了起来,随即裂开。一个更大的人形从里面舒展开来。起初,她几乎是透明的,但很快就变得坚实起来,逐渐变成了一个年轻的女人站在那里,年纪比迪伦大不了多少。

她没有理会迪伦和崔斯坦,只是注视着托比。她把颤抖的双手伸向他。他微笑着,试图爬到她的膝盖上。

"托比?"女人的声音有些嘶哑,因为很久不说话而显得生涩。她发出一声哽咽,把他抱起来,紧紧地搂在怀里。

托比咿咿呀呀地说着什么,手抓着女人的头发。

"海伦?"迪伦试探地问。

听到自己的名字,女人睁开眼睛看着迪伦。刹那间,迪伦感觉仿佛有一道闪电劈了下来。海伦在医院外从一名老妇变成此刻跪在她面前的少女的记忆顿时浮现了出来。当时,海伦睁开眼睛,幸福地凝视着迪伦,与此刻一模一样。

"我还以为你是个老人。"迪伦轻声说,"可是我忘了。不过我现在全想起来了。我记得你。"她顿了顿,感觉自己仿佛脱胎换骨了一般,"我也记得我自己。"